LA SANGRE DE LOS LIBROS

Santiago Posteguillo

LA SANGRE DE LOS LIBROS

Enigmas y libros de la literatura universal

 Planeta

Obra editada en colaboración con Editorial Planeta – España

© 2014, Santiago Posteguillo
© 2014, Editorial Planeta, S.A. – Barcelona, España

Derechos reservados

© 2014, Editorial Planeta Mexicana, S.A. de C.V.
Bajo el sello editorial PLANETA M.R.
Avenida Presidente Masarik núm. 111, 2o. piso
Colonia Chapultepec Morales
C.P. 11570, México, D.F.
www.editorialplaneta.com.mx

Primera edición impresa en España: octubre de 2014
ISBN: 978-84-08-13242-4

Primera edición impresa en México: octubre de 2014
ISBN: 978-607-07-2444-2

Impreso en los talleres de EDAMSA Impresiones, S.A. de C.V.
Av. Hidalgo núm. 111, Col. Fracc. San Nicolás Tolentino, México, D.F.
Impreso en México - *Printed in Mexico*

A Lisa y Elsa,
y a todas las personas que aman los libros

Índice

Prólogo

La sangre de los libros propone un viaje alternativo y diferente por la historia de la escritura. Detrás de grandes clásicos de la literatura universal, sea la *Eneida*, *La vida es sueño*, *Jane Eyre* o *Drácula*, por mencionar sólo algunos títulos que el lector va a visitar en este viaje en el tiempo, hay misterios y enigmas y, con frecuencia, sangre: la sangre de los escritores esparcida de forma silenciosa por entre las líneas de sus libros.

Empezaremos con un juicio y un rescate y sonreiremos con el poder de una mosca, pero pronto nos sorprenderán en nuestro camino condenas a muerte, sueños premonitorios, tumbas perdidas, duelos a espada en las sombras de la noche o a pistola sobre la nieve blanca; enfermedades mortíferas, dolencias mentales, eutanasia, suicidios, armas secretas, reencarnaciones, batallas, guerras, eclipses, asesinatos, crímenes sin resolver.

La buena literatura de verdad, la que nos hace palpitar, la que nos emociona y nos transporta a otros mundos, la que nos parece más real que la realidad misma es la que está escrita, palabra a palabra, verso a verso, página a página, con sangre en las sienes, en las manos y en el alma.

La sangre de los libros es una invitación a no tener miedo al líquido rojo de los sentimientos que los escritores, que las escritoras, transforman magistralmente, con la genialidad de su intuición, en tinta negra, impresa o digital, eso no importa, donde se nos hace pensar sobre la vida, sobre el lugar de donde venimos y aquel hacia donde vamos; donde se nos plantea quiénes somos y donde más de una vez se permite que la justicia y la libertad salgan victoriosas y nos llenen de felicidad.

Para leer este libro no importa el grupo sanguíneo del lector. Sólo importa dejarse llevar por la pasión de la lectura y, eso sí, tener mucha sangre en las venas.

El gran rescate

Cuando Europa del Sur rescató
a Europa del Norte

Roma, 62 a. C.

Marco Tulio Cicerón cruzó el foro con paso rápido. Aun así se veía obligado a detenerse con frecuencia para recibir elogios por sus magníficas intervenciones en el Senado, donde había atacado a Catilina poniendo al descubierto su conjura para dar un golpe de Estado y hacerse con el poder absoluto en Roma. Sin embargo, aquella mañana repleta de felicitaciones de sus colegas, Cicerón estaba preocupado por otro asunto muy diferente, pero no por ello menos doloroso para su ánimo. Licinio Archia, su antiguo maestro griego de retórica, lo necesitaba: tiempo atrás, apoyado por el senador Lúculo, había conseguido la ciudadanía romana por sus muchos años en Roma y sus grandes servicios prestados en la educación de jóvenes romanos, entre ellos el propio Cicerón; pero ahora, los enemigos de Lúculo, dispuestos a humillarlo, intentaban expulsar al viejo maestro griego de la ciudad, aprovechando la Ley Papinia, que permitía denunciar altas erróneas en la ciudadanía romana.

Cicerón entró en la basílica donde iba a tener lugar aquel juicio y se sentó junto al viejo Archia.

—No te preocupes, viejo amigo —dijo Cicerón poniendo la mano sobre el hombro de su abatido tutor—. No pasarás tu vejez lejos de tus amigos, sino aquí, en Roma, donde muchos sabemos apreciar tu trabajo y tu sabiduría.

Archia asintió con serenidad. Estaba en manos de su mejor alumno. No sabía cómo lo conseguiría, pero no dudó ni por un momento que Cicerón sería capaz de dar la vuelta a cualquiera de los argumentos que fueran a esgrimir sus adversarios. Hombre siempre cauto, pensó que en todo caso era conveniente que su antiguo alumno no infravalorase la capacidad del enemigo.

—No te confíes, muchacho.

Nadie más llamaba a Cicerón «muchacho», pero aquel anciano podía permitirse ésa y cualquier otra libertad con el afamado senador.

—No lo haré, por Cástor y Pólux —respondió Cicerón, y se volvió hacia el tribunal. El abogado de la acusación comenzaba a exponer los motivos que movían a sus clientes a denunciar a Archia por falsa ciudadanía romana.

—No hay registro alguno de la supuesta ciudadanía romana de este hombre —empezó el acusador con voz potente e inflexible—. Ningún archivo de Roma contiene ni una referencia a un ciudadano romano de nombre Archia. Y que no se nos esgrima desde la defensa una posible carencia en estos archivos por falta de orden o mantenimiento: Metelo ha realizado además censos recientes y tampoco en ellos fue inscrito el acusado como residente en Roma. Ni registros antiguos ni nuevos sobre su ciudadanía. No hay nada. Sólo estamos ante un extranjero que intenta permanecer de forma ilegal en una ciudad a la que no pertenece. ¿Qué mensaje vamos a dar a otros extranjeros que estén en similar situación? No, miembros del tribunal: hay que ser inflexibles y aplicar la Ley Papinia con todo su rigor. Si resulta que el acusado goza de cierta fama o popularidad entre algunos de los aquí presentes, mayor ejemplo será. Que se vea que la ley se aplica en Roma en todo su rigor de igual forma para todos, más allá de las amistades tras las que alguien se quiera ocultar para evadir su cumplimiento estricto.

Y así, durante un largo rato, consumió el acusador las diferentes clepsidras o relojes de agua que tenía asignados para su intervención, reiterando una y otra vez los argumentos expuestos, como si a fuerza de martillear con las mismas ideas fuera a conseguir esculpirlas en la cabeza de todos los que se habían reunido aquella mañana en la basílica.

Llegó, al fin, el turno de la defensa.

Cicerón dio entonces varios pasos y se situó frente al tribunal. Cerró los ojos. Inspiró profundamente. Los abrió y empezó a hablar:

—*Si quid est in me ingenii, iudices...* [Si hay algo de habilidad en mí, miembros del tribunal...], no es por otro motivo que gracias a mi maestro, a quien hoy juzgáis con el fin de desterrarlo de Roma.

Y a partir de ahí destrozó a la acusación: si no había registros sobre la ciudadanía romana de Archia era porque los archivos habían sufrido daños a lo largo del tiempo: incendios, destrozos de todo tipo, mal mantenimiento, sí, aunque quisieran negarlo desde la acusación; si Archia no aparecía en los censos de Metelo era porque había estado ausente de Roma, en campaña junto con el senador Lúculo, y había testigos para probarlo, igual que se podía probar su residencia en Roma durante varios años. Pero más aún que todo eso: Archia era un poeta, un poeta reconocido que además se había dedicado a la alabanza de Roma. Cicerón se volvió súbitamente hacia el tribunal y elevó aún más el tono de su voz:

—Varias ciudades se disputan ser el lugar de nacimiento de Homero para obtener prestigio por los grandes poemas del autor griego; y Roma, Roma que tiene un poeta como Archia, un poeta que ha cantado las glorias de Roma en su lucha épica contra tantos enemigos..., esa misma Roma, ahora, ¿piensa desterrarlo? ¿Es que están todos trastornados?

Cicerón, movido por el amor a su maestro, fue elocuente como pocas veces. Al fin, dio por terminado su discurso, se volvió y se sentó junto a Archia mientras exhalaba un suspiro. Estaba cansado: no porque su defensa hubiera sido larga, pues ni siquiera había consumido el tiempo de las clepsidras que tenía asignadas, sino por la intensidad, por la pasión que había puesto detrás de cada palabra, de cada frase.

Archia aprovechó el momento y se dirigió a él en voz baja.

—La sentencia ya no es importante para mí —le dijo el viejo pedagogo griego—. Sea desterrado o no, sé que mis enseñanzas vivirán en ti por siempre. Sé que si alguna vez alguien me recuerda será por ti.

El tribunal falló a favor de la defensa y Archia permaneció en Roma.

Pero el discurso de Cicerón, como tantas otras obras maestras clásicas, se desvaneció en el olvido de los tiempos tras la caída de Roma. Una pérdida irreparable.

Monasterio de Lieja, 1333

Eran dos viajeros del sur. Uno más decidido, con veintisiete o veintiocho años, y el otro, su asistente, apenas un mozalbete de dieciséis. El sol se ponía en el horizonte y amenazaba lluvia, pero la silueta de la abadía se vislumbraba a una legua escasa de camino. Apretaron el paso y llegaron a las puertas del monasterio con la noche recién iniciada. A una mirada de su maestro, el joven asistente golpeó la gran puerta varias veces, con todas sus fuerzas. Varios truenos bramaban en las cercanías y el muchacho empezaba a temerse lo peor: una noche al raso o refugiados bajo un árbol, mojándose y helándose de frío... Entonces los goznes de la puerta chirriaron. El viajero más veterano dio un paso, se situó por delante del joven y habló en latín al monje que miraba desde el otro lado de la puerta entreabierta con cara de pocos amigos.

—Mi nombre es Petrarca, Francesco Petrarca, y el abad sabe de mi venida hasta aquí. Me espera.

El monje no dijo nada, pero los dejó pasar.

Los acomodaron en la cocina, donde se estaba caliente, y les sirvieron un plato de sopa y algo de vino. El monje que les había abierto la puerta apareció de nuevo en la cocina y se dirigió a los viajeros recién llegados.

—En efecto, el abad os espera, pero es tarde. Os recibirá mañana, al amanecer. Os estoy preparando una celda. —Y sin esperar respuesta dio media vuelta.

Petrarca, satisfecho su apetito y a la espera de que los condujesen a la habitación donde pasarían la noche, paseó por entre las mesas de cacerolas, cuchillos y otros utensilios similares hasta que algo le llamó la atención. Se detuvo frente a un montón de pergaminos viejos que estaban amontonados en un mar de polvo y telarañas.

—¿Y esto, hermano? —preguntó Petrarca al cocinero, que fregaba con fruición varias sartenes.

—Leña —respondió el monje. No eran hombres de muchas palabras en Lieja.

Petrarca asintió, pero se agachó y tomó un pergamino de entre los muchos de aquel montón.

—¿Puedo? —inquirió mientras lo cogía.

—Aquí el tiempo corre despacio y cada uno lo pierde como quiere —respondió el hermano cocinero—. No hay nada santo ni devoto en esos pergaminos viejos, si es eso lo que teméis, pero mirad a vuestro antojo.

Petrarca se sentó a una mesa y empezó a leer. Parecía una receta vieja o quizá una explicación sobre algún ungüento remoto, escrito en muy mal latín. Repitió la operación y extrajo más textos antiguos, arañados por el tiempo y el peso lento de los años; obtuvo resultados parecidos hasta que, de pronto, sus ojos se abrieron por completo y su faz se hinchó de asombro. A Petrarca empezaron a temblarle las manos y una lágrima se deslizó por su mejilla.

—No es posible... —dijo, al fin, en un susurro. Su asistente se acercó y le preguntó, también en voz baja:

—¿Qué no es posible, maestro?

—Esto —dijo; y alargó la mano, mostrándole el pergamino que acababa de leer. Su asistente se esforzó y leyó las primeras líneas torpemente, palabra a palabra, pero su expresión confusa revelaba a las claras que él no entendía la importancia de aquel hallazgo que tanto parecía haber impresionado a su maestro.

—*Si... quid... est... in... me... ingenii... iudices...* Parece un texto legal antiguo...

—Es Cicerón.

En 1333, Francesco Petrarca reencontró el discurso de Cicerón en defensa de su maestro Archia que durante más de mil años se había dado por perdido. Petrarca no sólo fue uno de los más grandes poetas, que reinventaría la poesía moderna con sus sonetos a Laura, en los que luego se fijarían

Garcilaso o Shakespeare; fue mucho más que eso. El italiano inició uno de los mayores rescates de la historia del mundo: salvar del fuego, de los basureros y de la aniquilación decenas de textos clásicos que se desdeñaban por paganos. A Petrarca lo siguieron Coluccio Salutati, Niccolò Niccoli o Poggio Bracciolini. Entre ellos recuperaron a Cicerón, Virgilio, Lucrecio, Quintiliano, Tito Livio y tantos otros: discursos, poemas, oratoria; historia y literatura salvadas del fuego.

Sería erróneo e injusto pensar que sólo se perdieron cosas en los monasterios. Los benedictinos y otras órdenes salvaron mucho, pero la aparición de Petrarca y el resto de rescatadores hizo que se valorase mucho más lo que se había salvado ya y, a la vez, que se recuperaran aún más testimonios literarios, históricos y artísticos del pasado. Sin ellos es posible que al final todo lo salvado en la Edad Media hubiera terminado perdiéndose. Así se inició el Renacimiento.

Esto sí era rescatar («liberar de un peligro, daño, trabajo, molestia, opresión, etc.», según el *DRAE*). No lo que el norte de Europa ha hecho hoy con ese sur al que tanto deben, aunque ya lo hayan olvidado. Rescatar no es eso, pero hay políticos que torturan a las palabras hasta hacerles confesar significados que no tienen.

De una mosca y un mosquito a una obra maestra de la literatura universal

Roma, 42 a. C.

Patricios, caballeros y hasta senadores acudían en tropel a aquel fastuoso entierro en la magnífica finca de un conocido poeta en la ladera del monte Esquilino. Todos habían respondido al llamado del escritor que los había instado a asistir a aquel acontecimiento anticipándoles que proporcionaría toda suerte de manjares adobados en excelentes salsas y presentados con aún mejores vinos. No iba a ser aquél un entierro triste. Nada más alejado de la voluntad del poeta. El más apreciado animal del escritor acababa de fallecer y éste había decidido no escatimar en gastos para darle una despedida y una sepultura de acuerdo con el inconmensurable aprecio que sentía por el animal perdido.

—¿De verdad que todo esto es por una mosca? —preguntaban los más incrédulos, que no podían entender que aquel escritor, por escritor que fuera (que ya se sabe que son gente extravagante y extraña en grado sumo), estuviera gastándose todos aquellos sestercios en enterrar una simple mosca. Por no entrar en la peliaguda cuestión de qué tipo de relación afectiva puede trabar un hombre con semejante insecto, siempre molesto y sucio.

—¡Por Hércules! ¡Así es! ¡Todo esto por una simple

mosca! —replicó Mecenas, divertido por toda aquella parafernalia, al sorprendido patricio que contemplaba sin salir de su asombro el enorme monumento funerario que el poeta había ordenado levantar en honor al insecto fallecido en medio de la villa.

Hasta ochocientos mil sestercios dicen que el poeta Virgilio se gastó en enterrar a la que él aseguraba que era su mosca favorita. Una suma descomunal, exagerada; un gasto sin criterio, absurdo. Claro que... todo tiene su reverso en la vida, la cara oculta que, con frecuencia, es el auténtico porqué de las cosas: el segundo triunvirato de hombres poderosos que gobernaba Roma en aquel momento, con Marco Antonio, Octavio —que luego sería conocido como el emperador Augusto— y Lépido, planeaba repartir tierras entre sus veteranos de guerra para recompensarlos de esa forma por todos los duros trabajos y sacrificios de las campañas militares en las que habían combatido. Pero para ello, Marco Antonio, Octavio y Lépido tenían que confiscar primero latifundios y fincas a muchos de los terratenientes que los poseían en Roma y sus inmediaciones. La única excepción al decreto del triunvirato era que, por respeto a los muertos, no se confiscarían fincas en las que hubiera una tumba. El poeta Virgilio, ingenioso en grado sumo, ideó un plan audaz: levantar un gran monumento funerario en la mayor de sus fincas de las inmediaciones de la capital y ver así salvada su hacienda gracias a la tumba de una mosca.

Es una historia magnífica, pero... demasiado perfecta.

¿Creen sinceramente ustedes que las leyes del segundo triunvirato romano se podían soslayar con una mosca? La idea es imaginativa y romántica, pero no pasa de la categoría de leyenda. Estamos ante una de esas múltiples anécdotas atribuidas al inmortal Virgilio a lo largo de los siglos, surgida quizá en la Edad Media o tal vez antes, y que se recoge hoy día en diferentes webs de internet como si fuera una sacrosanta realidad. Ni Suetonio ni ningún otro de los historiadores clásicos coetáneos de Virgilio hacen mención a este relato. Lo que sí puede sustanciarse en datos históricos es que el segundo triunvirato, en efecto, confiscó tierras para los veteranos de sus legiones: entre ellas, al menos, una finca de Virgilio; y también es cierto que entre los amigos del poeta estaba el gran Mecenas. Hasta ahí todo correcto, pero sobre esa base de verdad se creó el mito de la curiosa argucia de enterrar la mosca para preservar otra finca aún mayor.

El escritor y periodista George Pendle apunta —a mi entender, con mucho tino— que la leyenda de la mosca de Virgilio pudo surgir a partir de una reinterpretación o relectura del poema «Culex» (Mosquito) del poeta latino, donde se nos narra cómo un mosquito pica a un campesino mientras duerme. Éste se despierta y lo mata, pero al despertarse ve que una fiera iba a atacarlo, de modo que puede salvarse, en definitiva, gracias a aquella picadura que lo ha despertado a tiempo. El poema continúa relatando cómo el mosquito se aparece entonces en sueños a nuestro campesino para recriminarle que ni siquiera haya tenido una atención con él después de haberlo matado, pese a que su picadura le ha salvado la vida. Cuando el campesino despierta, prosigue el poema de Virgilio, corre a levantar una fastuosa tumba para el mosquito. Es muy factible que, mezclando verdades históricas por un lado y el contenido del poema por otro, la historia terminara reformulándose, en algún momento del Bajo Imperio o de la Edad Media, como la he referido al principio.

Y, sin embargo, un relato que sí es veraz y sorprendente

al tiempo ha quedado olvidado por casi todos. Esto sí que ocurrió:

**Brundisium (actual Bríndisi),
21 de septiembre de 19 a. C.**

Virgilio, a punto de morir, habla con Lucio Varo.

—¡Quémalo, quema todos los versos!

—Pero es tu mejor obra —le responde Varo—. Diez años de trabajo. No puedes quemarla. Todo ese tiempo, todo ese esfuerzo. Incluso has viajado por Asia y por Grecia para confirmar los escenarios que recreas en ese poema. No puedes querer que destruyamos ahora lo que tanto sacrificio te ha costado construir. El propio emperador Augusto se mostró interesado en verla terminada cuando te entrevistaste con él en Atenas.

—Está inacabada... —replicó Virgilio en un susurro: hablar le suponía sufrimiento—; y muchos versos... están... incompletos. Pensaba que a mi regreso a Roma tendría... tiempo y fuerza para corregir estos defectos, pero veo que Hades me reclama y Caronte quiere cobrarse ya su moneda. No, no quiero que... —Pero no sabemos qué más dijo, más allá de su insistencia en que aquella obra, su última obra, debía ser pasto de las llamas.

Virgilio se quedó quieto, con los ojos muy abiertos. Su amigo le bajó los párpados como quien cierra dos ventanas y le puso una moneda de oro en la boca.

Varo lo meditó seriamente. Se debatía entre el deseo de un amigo y la orden del entonces ya Octavio Augusto, gobernante supremo de Roma después de apartar primero del poder a Lépido y, a continuación, de derrotar a Marco

Antonio en la batalla naval de Actium. Aquel texto, ese poema del que había hablado Virgilio, había sido, en cierta forma, un encargo del *Imperator Caesar Augustus*, así que quizá éste mejor que ningún otro debía decidir qué decisión tomar sobre el poema en cuestión.

Pasaron unos meses y al fin el emperador encontró un momento para recibirlo y escuchar su historia.

—Dicen que quieres verme, Varo —comentó Augusto.

—Así es, *imperator*. Se trata de la última obra de Virgilio —dijo, y mostró el cesto que llevaba con numerosos papiros enrollados.

—¡Por Júpiter! Una obra extensa, por lo que veo —comentó Augusto.

—Sí, *imperator*. —Y Varo se acercó y puso el cesto sobre la mesa del emperador al tiempo que se explicaba—. Virgilio me ordenó que la quemara, pero yo creo que ése es un destino inmerecido para su última obra. Busco consejo, César. No sé qué debe hacerse y he pensado recurrir a la sabiduría del *imperator*.

El César asintió.

—Lo leeré y te daré mi parecer —respondió Augusto, e hizo una señal con la mano derecha para que Varo se retirara.

El emperador estaba cansado. El escritor abandonó la cámara y Augusto se llevó las manos a las sienes. La entrevista con Varo había tenido lugar después de haber recibido informes inquietantes: las noticias que Agripa enviaba desde Hispania, desde la región de los cántabros, no eran buenas. La resistencia de aquellas tribus seguía siendo feroz. Era un asunto que lo tenía agotado. Apartó la carta de Agripa, tomó uno de los papiros que había traído Varo y empezó a leer la última obra de Virgilio.

Leyó durante horas, sin parar.

El emperador Augusto ordenó a Varo que no se cumpliera el deseo de Virgilio y que aquel extenso poema no fuera quemado sino, al contrario, que se editase bien y se diera a conocer al mundo. Acababa de salvarse la *Eneida*, el gran poema épico de Roma, equiparable a la *Ilíada* y la *Odisea*. Un texto clave en la literatura occidental.

Las tres condenas a muerte

Sur de Roma, primavera de 65 d. C.

Es el único escritor que conozco que fue condenado a muerte tres veces, por tres emperadores diferentes. Es lógico concluir que no se mordía la lengua.

Recibió al tribuno pretoriano en el atrio de su casa, reclinado en un triclinio, mientras comía unas uvas pasas acompañado por numerosos familiares y amigos.

—Lo siento... —empezó el pretoriano algo titubeante. Su interlocutor era el hombre más admirado del Senado y, por qué no decirlo, el más respetado también en gran parte del Imperio romano.

—La condena es a muerte, ¿verdad? —preguntó el senador, escritor y filósofo mientras cogía más uvas.

—Me temo que sí —respondió el pretoriano con más seguridad. No estaba en su mano desobedecer al emperador.

Todos los presentes callaban. Él, sin embargo, no parecía tan nervioso. No era aquélla la primera condena a muerte enviada contra él por un emperador de Roma. No obstante, su intuición le decía que sí era la definitiva.

—¿Qué vamos a hacer? —preguntó Paulina. Era su segunda esposa: con ella había congeniado desde el principio y con ella se había retirado de la vida política de Roma una vez que su pupilo, el emperador Nerón, decidió no hacerle caso en nada. De eso no hacía tanto tiempo, pero parecía que se tratara ya de otra vida, de otro mundo.

—Esta vez, querida esposa, ya no me quedan amigos que puedan interceder por mí —respondió él con serenidad—. En esta ocasión, mucho me temo que tendré que quitarme la vida; o aquí nuestro invitado —y señaló con el dedo al tribuno que permanecía muy firme en el centro de aquel atrio— será quien se encargue de dar cumplimiento a la sentencia. Porque imagino que no habrás venido solo desde Roma, ¿verdad, pretoriano?

—No —respondió el tribuno—. Una treintena de pretorianos más me acompañan, señor.

—¡Una treintena de pretorianos! —exclamó con cierta sorpresa el condenado—. ¡Por todos los dioses! Tanto me teme aún Nerón. No pensaba que fuera tan importante.

Entre los amigos alrededor del sentenciado algunos empezaron a palparse las túnicas. El gesto no pasó desapercibido para el tribuno imperial.

—¡A un grito mío la guardia derribará la puerta y, si hay que matar a todos, matarán a todos! —dijo el pretoriano.

El condenado dejó la uva que tenía en la mano, se levantó y se volvió hacia sus amigos.

—No, no. Que nadie empuñe una daga por mí. Si no es hoy, será mañana. Y no somos suficientes para enfrentarnos a treinta pretorianos. Nuestro tribuno ha sido cauto, y eso... —se volvió hacia el pretoriano—, eso me gusta. Está bien que haya aún hombres cautos que sepan hacer bien su trabajo, incluso si es el trabajo sucio. Hasta eso debe hacerse bien, con cierta dignidad. ¿Cuál es tu nombre, tribuno?

—Marco —respondió el oficial sin dar más información sobre su *nomen* y *cognomen*. Era como si no deseara que su familia apareciera mezclada con la muerte de alguien de tanta relevancia como aquel viejo senador. El tribuno intuía que, cuantos más datos omitiera sobre sí mismo, mejor para conseguir el anonimato en la historia.

—Bien, Marco, bien. Nadie va a desenfundar arma alguna por mi causa. —Y se volvió hacia los amigos que asentían, con rabia en el rostro, pero obedientes a sus instrucciones. Suspiró y se volvió de nuevo hacia el pretoriano—. Marco, eso has dicho, sí. Verás, Marco: yo también hice el trabajo sucio del emperador. Aún se me revuelven las tripas por haber defendido a Nerón ante el Senado cuando ordenó la muerte de su madre. Ahí debería haberme rendido, pero, amigo mío, la vanidad nos puede a todos. Quien diga lo contrario, miente. Hacen falta muchos años y mucha experiencia para no caer en la vanidad. Pero ten cuidado, Marco, porque al final te convertirás en lo que me transformé yo: un esclavo más de Nerón. Se puede tener mucho dinero y no ser más que un esclavo. A veces no es más rico el que más tiene, sino el que menos desea. Pero divago. Vayamos al grano: tienes una orden que cumplir. Imagino que al emperador le da igual cómo muera: se conforma con que muera, ¿no es así?

—Así es —confirmó el pretoriano—. Si el condenado quiere quitarse la vida por sus medios, tengo orden de respetar ese último deseo.

—Sea, por Cástor y Pólux. Al final, sí que necesitaré una daga. —Y se volvió hacia sus amigos. Los dos hermanos de Séneca exhibieron con rapidez dos dagas prestas para la tarea o para atacar a los pretorianos si su hermano aún cambiaba de opinión y deseaba luchar. Su sobrino, el poeta Lucano, también le ofrecía otra. Demasiadas dagas de golpe. El pretoriano estaba a punto de dar la voz de alarma.

—No, no hace falta. —Y cogió rápidamente la de Lucano, que era quien estaba más cerca—. Esta daga me bastará. Enfundad las otras armas y guardadlas.

Sus hermanos obedecieron, a regañadientes, pero siguieron sus instrucciones.

—Lo haremos aquí y ahora. No tiene sentido dilatar más esto. —Y sin más, cogiendo la daga con fuerza se hizo sendos cortes en las muñecas: primero en la extremidad izquierda, blandiendo la daga con la mano derecha, y luego en la contraria, esgrimiendo el puñal con la izquierda. Sintió dolor, mucho, y un mareo. Se sentó en el triclinio.

—¡No, no, por Minerva, no! —aulló Paulina, y se arrodilló junto a su esposo.

—Está bien, es lo que esperábamos hace tiempo. No tenía sentido retrasarlo más. —Y luego miró al pretoriano; quería decirle algo, pero le costaba hablar—. Esto... es... lo que... querías ver, ¿no es así, tribuno? —preguntó el condenado con la voz entrecortada.

—Esto es lo que el emperador Nerón quería —respondió el tribuno lacónicamente.

—Interesante matización —apuntó el sentenciado mientras seguía sangrando—. Se intuye..., no obstante, demasiado... cargo de conciencia en tus palabras, tribuno... ¿No habrás leído mi obra *De la ira*? —Y se tumbó de costado, asistido por sus hermanos. La sangre iba goteando, pero más lentamente de lo que uno podría esperar.

—He leído alguna obra del senador, pero ésa no —admitió el tribuno.

—Ah..., pues deberías... Te diré algo que escribí ahí... ¿Cómo era...? —Y cerró los ojos para recordar mejor—. Sí, hay un personaje..., alguien que sobrevivió durante años..., siempre en compañía de reyes... como consejero, y alguien le pregunta: «¿Cómo es posible... que hayas sobrevivido tanto tiempo entre... reyes?». ¿Sabes qué respondió el consejero..., tribuno?

—No lo sé.

—Siento tantas palabras, tribuno..., pero has venido a dar muerte a un filósofo... Antes era más un político, un poderoso senador, como me has llamado...; pero ahora..., estos años... me han convertido sólo en filósofo y los filósofos hablamos mucho, incluso cuando nos morimos... Sólo que como filósofo digo ahora verdades, mientras que antes, como político, mentía muchas veces... No estoy orgulloso de ello...

—No importa —respondió el tribuno, y preguntó—: ¿cómo sobrevivió aquel hombre, ese consejero, hasta viejo, estando rodeado siempre de reyes?

—Ah, sí..., su respuesta... Esto es lo que respondió: *Iniurias accipiendo et gratias agendo* [Recibiendo injurias y dando las gracias]. Eso dijo... Ya sabes lo que te espera.

Lucio Anneo Séneca, también conocido como Séneca el Joven, nacido en Córdoba, se quitó la vida por orden de Nerón en la primavera del año 65, injustamente acusado por el emperador de haberse conjurado contra él. Séneca ya había sobrevivido a otras dos sentencias de muerte: Calígula sintió envidia de su enorme popularidad en el Senado, en el foro y en toda Roma, pero alguien persuadió al impulsivo emperador de que el asma, según unas fuentes, o la tuberculosis, según otras, que padecía Séneca acabarían con él pronto. Sin embargo, fue Calígula el que falleció antes, víctima de un complot mortal contra su persona.

En época del emperador Claudio, Séneca volvió a ser condenado a muerte. En esta ocasión fue acusado de yacer con la hermana de Calígula, algo no muy probable y seguramente una estratagema de la insidiosa Mesalina, esposa de Claudio, que temía la influencia de Séneca en el Senado. Nuevamente, la pena fue conmutada, en este caso por un largo y penoso destierro en Córcega.

La tercera condena a muerte de Séneca fue, no obstante, la definitiva. El senador, escritor y filósofo había sido preceptor de Nerón y, durante los años iniciales de su gobierno, su principal consejero. Éste es el período que se corresponde con los años de buen gobierno del emperador. A medida que el joven Nerón se hizo más independiente en la toma de decisiones —y más lunático—, la influencia de Séneca fue disminuyendo. Afranio, el jefe del pretorio de la primera etapa de Nerón, que siempre apoyó los mesurados consejos de gobierno de Séneca, falleció, y la posición de Séneca se volvió imposible en la corte imperial.

Se retiró.

Disfrutó de un breve período de paz, hasta que llegó su tercera y definitiva condena a muerte. Que yo sepa, nadie había sido condenado ni volvería a sufrir nunca tres condenas a muerte por tres emperadores diferentes.

Séneca es un grande de la literatura de todos los tiempos, y sus máximas son un curso intensivo de sabiduría. De todas ellas me quedo siempre con ésta: *Sapientia sola libertas est*. Es decir: la sabiduría es la única libertad. No se puede decir más con tan pocas palabras.

Según nos cuenta Tácito, Séneca no moría tras haberse cortado las venas, así que tuvo que ingerir veneno y, como tampoco aquello fue suficiente, recurrió a introducirse, con ayuda de sus amigos, en un baño de agua caliente donde los vapores, estando él ya muy debilitado por la sangre perdida y con alguna de las afecciones respiratorias mencionadas antes, terminó por asfixiarse. Después de todo, no resultó hombre de morir fácil.

Y si fue grande en la literatura, no lo debió de ser menos en su vida, sobre todo si es cierto que uno es grande o pequeño en función de sus enemigos. Alguien que hizo que lo temieran sucesivamente tres emperadores romanos tuvo que ser muy especial. ¿Qué escribió que tanto incomodó a Calígula, Claudio y Nerón? Ahí están sus obras y sus famosas sentencias. Séneca sabía más que nadie de poder, traiciones y corrupción. Por eso leerlo hoy día sigue siendo tan importante. Su sabiduría aún puede hacernos libres.

Desconocemos el nombre del pretoriano que transmitió la sentencia de muerte a Séneca. Las fuentes mencionan a un tal Silvano, pero éste delegó en otro pretoriano cuyo nombre desconocemos. No debía de sentirse muy orgulloso de lo que tenía que hacer y prefirió quedar en el anonimato de la historia.

Los versos perdidos

Italia, finales de 1321

—No está completo. Lo he comprobado una y mil veces. La gran obra poética de vuestro padre está sin terminar.

Jacopo y Pietro, los hijos del gran escritor toscano, no daban crédito a lo que estaban oyendo, así que el amigo de su padre que hacía las copias de sus poemas para todos aquellos que podían estar interesados lo explicó con más detalle.

—Mirad. La obra de vuestro padre, la que él siempre llamó *Comedia*, está dividida en tres grandes partes: Infierno, Purgatorio y Paraíso. El Infierno consta de 33 cantos en tercetos rimados, igual que el Purgatorio, que se narra en otros 33 cantos, en tercetos también. Toda la obra gira en torno al simbolismo sagrado del número 3, el mismo número que representa la Sagrada Trinidad: el Padre, el Hijo y el Espíritu Santo. Así la *Comedia* se divide en tres partes que deben tener cada una 33 cantos en tercetos. ¿Me entendéis ahora?

—¿Cuál es entonces el problema? —preguntó Pietro.

—Que de la tercera parte, el Paraíso, sólo hay veinte cantos, y es imposible que vuestro padre hiciera algo tan poco... —le costó buscar el término adecuado—, tan poco... perfecto en su simbolismo. Estoy seguro de que la última parte también tiene 33 cantos, sólo que no encontramos los últimos trece. Ése es el problema. O quizá vuestro padre no pudo terminar la obra antes de morir. Ésa es otra posibilidad. Es triste afrontarlo, pero seguramente sea éste el caso.

—No, no —dijo entonces Jacopo, negando con la cabeza mientras caminaba arriba y abajo por la habitación de aquella casa de Rávena—. Padre siempre habló de su *Comedia* como de una obra terminada. Ese final tiene que estar en alguna parte. Él estaba plenamente satisfecho, y no se habría mostrado tan seguro si le faltaran esos cantos.

—Puede ser —dijo su hermano Pietro—, pero ¿dónde pueden estar las páginas que faltan?

Revisaron todos los documentos de su padre. Dante había sido exiliado de Florencia por sus enemigos políticos y sus hijos buscaron en todos los papeles que la familia había traído consigo desde la capital toscana, pero no encontraron lo que anhelaban. A todos les parecía aquélla una pérdida irreparable. Tenían que encontrar una solución.

—Vosotros dos, Jacopo, Pietro, sois poetas —les dijo el amigo de su padre—. ¿Por qué no escribís vosotros el final? Al menos sería un final elaborado por poetas hijos del gran Dante. Sería mejor que nada.

Lo intentaron. Jacopo y Pietro se esforzaron, pusieron toda su alma en tratar de esbozar algunos tercetos que pudieran estar a la altura de la gran obra maestra de su padre, pero todo empeño fue inútil: la tarea era imposible, impracticable. La poesía de Dante era de una delicadeza, de una expresión, de una perfección a la que ellos no podían ni tan siquiera aspirar a acercarse. Cualquier cosa que escribían les resultaba decepcionante y se negaron a entregar nada escrito por ellos como final de la gran obra de su padre.

Jacopo no podía dormir. Estaba obsesionado con la extraña desaparición de aquellos últimos cantos; tuvo sueños extraños, pero al amanecer todo parecía encajar. Fue al sentarse en el borde de la cama, como un destello de inspiración venido del otro mundo. No podía ser y, sin embargo...

—Ya sé dónde buscar —dijo Jacopo a Pietro, en cuanto se volvieron a encontrar aquella nueva mañana en la que habían quedado para intentar por última vez escribir el final de la *Comedia*—. Sí, sé dónde buscar —repetía Jacopo sin descanso.

Su hermano lo miró confundido, pero estaba dispuesto a hacer todo lo necesario, lo que hiciera falta, aunque pareciera una locura.

—Hemos de entrar de nuevo en Florencia —continuaba explicándose Jacopo—. Estoy seguro de que en nuestra antigua casa, allí, en algún sitio, encontraremos esos versos. Estoy convencido de que padre debió de ocultarlos en los años de las revueltas políticas y las guerras entre güelfos y gibelinos.

—Es posible —admitió Pietro, aunque poco convencido.

Salieron de Rávena, la ciudad donde Dante se había refugiado con su familia cuando estallaron las revueltas en Florencia y el poeta fue declarado enemigo de la ciudad. Los dos hermanos reclutaron a buenos amigos para que los ayudaran. La condena de exilio se había relajado con los nuevos acuerdos con el papado, y los hijos de Dante pudieron acceder a la vieja casa de su padre en Florencia. Al principio, los inquilinos de las casas colindantes se mostraron desconfiados; pero, cuando Pietro les explicó por qué estaban allí, todos accedieron de buen grado a que entraran. Más allá de las disputas políticas, todos sabían apreciar la gran poesía que había estado escribiendo Dante a lo largo de su vida. Buscaron, una vez más, como habían hecho en la casa de Rávena, por todos los rincones: en el salón y la biblioteca. Aquí fueron libro a libro, hoja a hoja. Su padre podía haber ocultado aquellos escritos en cualquier parte. Miraron en los dormitorios, en la mismísima cocina. No encontraron nada, pero Jacopo no se daba por vencido y empezó a golpear las paredes y el suelo de madera con los nudillos.

—¿Qué hace? —preguntó uno de los amigos que los acompañaba.

—Calla —dijo Pietro—, ¿no lo ves? Busca espacios huecos debajo de la madera.

Jacopo recorrió la casa metro a metro, palmo a palmo, hasta que un toc-toc especial, diferente al sonido seco habitual de los otros golpes, fue audible por todos.

—Aquí —dijo Jacopo muy nervioso—. Aquí suena hueco.

Trajeron un cuchillo grande y resistente de la cocina e introdujeron el filo entre las maderas. No hizo falta hacer demasiada palanca para que las tablas se soltaran y dejaran al descubierto un hueco. Allí había un montón de hojas sueltas, todas ellas llenas de versos. Estaban manchadas por la suciedad y la humedad del suelo, pero el texto era perfectamente legible.

—¡Lo tenemos! —exclamó Jacopo triunfante—. ¡Tenemos los trece cantos finales!

La anécdota es originaria del biógrafo de Dante, el también gran escritor Boccaccio, que tendría unos ocho años cuando Dante falleció y que al parecer pudo tener acceso directo a la familia del poeta florentino. Para ser precisos, según el relato de Boccaccio, Dante se apareció en sueños a su hijo Jacopo y le reveló el lugar exacto donde encontrar los cantos que faltaban. Si es cierto o no que este sueño se produjo es algo más discutible; donde sí hay más coincidencia es en que el final de la famosa *Divina comedia*, una obra maestra de la literatura universal, estuvo perdido —o mejor dicho, oculto— durante años, hasta que por fin, ya fuera gracias a un sueño o a la tenacidad de los hijos del poeta, los versos perdidos fueron recuperados, de forma que hoy día podemos disfrutar de ellos hasta el final y leer:

Qual è 'l geomètra che tutto s'affige
per misurar lo cerchio, e non ritrova,
pensando, quel principio ond' elli indige,

tal era io a quella vista nova:
veder voleva come si convenne
l'imago al cerchio e come vi s'indova;

ma non eran da ciò le proprie penne:
se non che la mia mente fu percossa
da un fulgore in che sua voglia venne.

A l'alta fantasia qui mancò possa;
ma già volgeva il mio disio e 'l velle,
sì come rota ch'igualmente è mossa,

l'amor che move il sole e l'altre stelle.

Cual el geómetra todo entregado
al cuadrado del círculo, y no encuentra,
pensando, ese principio que precisa,

estaba yo con esta visión nueva:
quería ver el modo en que se unía
al círculo la imagen y en qué sitio;

pero mis alas no eran para ello:
si en mi mente no hubiera golpeado
un fulgor que sus ansias satisfizo.

Faltan fuerzas a la alta fantasía;
mas ya mi voluntad y mi deseo
giraban como ruedas que impulsaba

Aquel que mueve el sol y las estrellas.

Homero, parece ser, escribió la *Ilíada*, la primera gran obra épica. Virgilio, ochocientos años después, la *Eneida*; y Dante, mil trescientos años más tarde, la *Comedia* (fue Boccaccio el que ajustadamente la rebautizó con el nombre de *Divina comedia*). Pocos se atreven con la épica en verso. Dante lo hizo en catorce mil versos y con quinientos personajes. Mi último relato sobre la antigua Roma sólo tenía cien. Y luego me dicen que si mis novelas tienen muchos personajes.

Dante sigue enterrado en Rávena. La ciudad de Florencia ha intentado en varias ocasiones, a lo largo de la historia, que sus restos retornen a su ciudad natal, pero los habitantes de Rávena se niegan: «A fin de cuentas —piensan en Rávena—, si Dante no fue suficientemente bueno para ellos en vida, ¿por qué ha de ser ahora bueno para ellos una vez muerto?». Se cuenta que incluso unos monjes ocultaron el lugar donde estaba enterrado el poeta, hasta que con unas obras reapareció la sepultura en el siglo XIX; sin embargo, Rávena sigue negándose a devolver a Dante. Yo estoy con ellos. La población que no sabe reconocer el genio de alguien y lo exilia no merece llevarse luego su memoria. Florencia es hermosa y tiene la cúpula de Brunelleschi, el *David* de Miguel Ángel o la galería de los Uffizi, pero si quieren ver la tumba de Dante hay que ir a Rávena.

El proyecto secreto y una tumba perdida

Algún lugar del sur de Alemania, 1450

Llegó a la ciudad con un proyecto secreto y huyendo de deudas contraídas en Estrasburgo. A los que les debía dinero les prometió pagarles todo en cuanto su proyecto diera frutos por fin.

—Muy pronto —les dijo.

No estaban convencidos, pero decidieron esperar. Además, con meterlo en la cárcel no recuperarían su dinero, aunque era siempre tentador llevar a prisión a quien no devolvía un préstamo. Así aprenderían otros. No, no estaban convencidos, pero esperarían una vez más. Era la última oportunidad que le concedían.

Él era lo que hoy en día llamaríamos un emprendedor; pero, como pasa con los de hoy en día, prácticamente nadie creía en él, y mucho menos en su proyecto secreto. Aun así, el emigrante no se arredró un ápice, tomó el primer poema que había producido y fue a hablar con uno de los más adinerados prestamistas de la ciudad.

Fust lo recibió en silencio, lo escuchó y tomó con cuidado aquella hoja en la que pudo leer esos versos que el hombre esgrimía como la mejor carta de presentación posible.

—¿Y dices que esto es sólo una pequeña muestra de tu

trabajo? —preguntó Fust—. ¿Y que todo es de la misma calidad?

—Sí, sí. Apenas una gota de agua. Es el principio de algo grande, como nunca antes se ha visto. Habrá un antes y un después —respondió él, y prometió que haría mucho más si Fust lo financiaba—. Sólo necesito algo de dinero y juntos cambiaremos...

—¿De la misma calidad? —insistió Fust desconfiado, interrumpiéndolo. El entusiasmo de aquel hombre era contagioso, pero con el dinero nunca se era lo bastante precavido. Había muchos charlatanes y aprovechados capaces de arriesgar la vida por unos cuantos florines.

—O de mayor calidad aún. Puedo mejorar. Sé que puedo hacerlo. Ese poema es apenas el principio.

Tras ponderarlo durante unos instantes que resultaron casi agónicos para nuestro protagonista, Fust, al fin, asintió.

—Te daré ocho mil florines, pero espero ver mucho más material y de la misma factura que este poema muy pronto.

—Por supuesto, por supuesto.

—No me defraudes o pagarás por ello.

—No os decepcionaré.

Y nuestro emprendedor se puso a trabajar de nuevo con auténtica ansia. Pero ocho mil florines era mucho dinero y Fust una persona... muy prudente. Se informó con rapidez sobre el pasado de aquel hombre recién llegado a la ciudad y al poco averiguó que su ahora deudor había dejado un largo rastro de otros préstamos sin pagar en Estrasburgo, así que lo obligó a que aceptara a Peter, futuro yerno de Fust, en el proyecto. De esta forma, Fust se aseguraba de estar bien informado de los progresos que se hicieran con su dinero, pues, de momento, sólo tenía en sus manos un poema en alemán y no veía claro que todo aquello pudiera culminar algún día en un negocio económicamente fructífero.

«¿Desde cuándo la poesía da dinero?», se quedó pensando Fust.

Y los días se sucedieron, pero los frutos de aquel préstamo no parecían dar el rédito necesario. Fust empezó a dudar de todo el proyecto y, justo en ese momento, recibió una nueva visita de su deudor.

—Necesito ochocientos florines más y todo podrá conseguirse. Ya no pediré más dinero, os lo prometo.

Fust guardó un largo silencio antes de responder.

—Peter me dice que, en efecto, has producido más material valioso, pero él no está seguro de que yo vaya a recuperar mis inversiones en ti, ni ahora ni nunca.

—No, con lo que hemos hecho no, eso es cierto; pero ahora tengo algo especial: los nuevos textos serán para la Iglesia —argumentó nuestro protagonista.

Fust se levantó y se puso muy firme mientras inspiraba aire profundamente. Estaba a punto de ordenar que detuvieran a aquel loco, pero... la Iglesia, sin duda, tenía dinero. ¿Sería capaz de embaucar al obispo, como había hecho con él? Estaba convencido de que todo el proyecto era ya un desatino, pero, si conseguía dinero de la Iglesia que le permitiera, al menos, resarcirse de sus fatales inversiones en aquella locura, quizá mereciera la pena esperar un poco más.

—Es tu última oportunidad. Si no consigues rentabilidad pronto, me quedaré con todo lo que tengas, materiales, máquinas, lo que sea, pues en el fondo es mío.

Pero el proyecto siguió progresando con más lentitud de la esperada.

En 1455, la paciencia de Fust llegó a su límite. Las

deudas del proyecto secreto ascendían ya a veinte mil florines y los resultados, aunque espectaculares en algunos casos, no permitían aún rentabilizar las inversiones. Así que Fust decidió, al fin, reclamar en los juzgados todo el dinero que se le debía. No estaba dispuesto a perder más tiempo. Además empezaba a pensar, curiosamente, que el proyecto sí que podría ser útil, pero conducido por manos más prácticas que las de aquel iluminado emigrante: en sus propias manos quizá aún podría sacar rentabilidad a aquel dinero invertido, sin duda, demasiado a la ligera.

Nuestro emprendedor lo perdió todo. Los jueces fallaron que se debía devolver el dinero de la deuda de forma íntegra a Fust, y para ello nuestro protagonista tuvo que entregar todos los ingenios mecánicos con los que trabajaba y gran parte de lo creado.

Era el final.

Cualquier otro se habría rendido.

Él no.

Nuestro hombre se refugió entonces en la pequeña Bamberg, donde intentó repetir todo el proceso sin apoyo financiero de ningún tipo. Con esfuerzo y dedicación, consiguió algún módico éxito, pero nada con lo que competir con Fust y su yerno Peter, quienes, una vez que se quedaron con todo lo que había diseñado él, crearon un productivo negocio que al poco tiempo —ese poco tiempo que no le concedieron al creador— sí daba, al fin, pingües beneficios, y por el que muy pronto fueron conocidos en toda Europa. Eso sí: Fust y Peter se preocuparon de borrar el nombre de nuestro querido emprendedor de la memoria de todos los habitantes de la ciudad.

Pero la historia siguió su curso: Diether von Isenburg y Adolph II von Nassau tuvieron discrepancias serias que se tornaron en un conflicto bélico. Ambos se enfrentaron por controlar aquella región del sur de Alemania. Diether estaba respaldado por los ciudadanos; Adolph II, por el papa. Nuestro emprendedor nunca acertó en política y también erró en esta ocasión clave: apostó por Diether, que fue derrotado, y tuvo que exiliarse a otra pequeña población, quizá Eltville, aunque no lo sabemos con exactitud. Una vez más, intentó reiniciar el proyecto secreto del que se habían apropiado Johann Fust y Peter Schöffer; pero una vez más, por falta de crédito, apenas pudo crear pequeños trabajos que pasaron desapercibidos.

En 1468 falleció. Era prácticamente un completo desconocido para todos sus conciudadanos. Sólo un monasterio franciscano se apiadó lo suficiente de él como para aceptar albergar sus restos y que de esa forma su cuerpo mortal descansara en un cementerio cristiano. La guerra, no obstante, pasado el conflicto entre Diether y Adolph II, regresó a la región, y el monasterio y el cementerio y la tumba de nuestro protagonista desaparecieron para siempre, destrozados por la locura desatada del ser humano. Pero ¿qué importancia podía tener aquel desconocido que siempre se empeñaba en poner en marcha un misterioso proyecto secreto? ¿Era éste acaso de alguna trascendencia?

La historia, terca ella, nos pone al fin a todos en nuestro sitio: resulta que aquel emprendedor olvidado había diseñado un ingenio mecánico que es reconocido por muchos investigadores y científicos como el invento más importante e influyente de todo el segundo milenio de nuestra era. Algo que supuso el impulso definitivo para la distribución del conocimiento a gran escala en medio del bullicioso Renacimiento. Un invento que hemos estado usando y seguimos usando sin parar, pero para el que algunos pronostican, quinientos cincuenta años después de su creación, una desaparición próxima. Quizá sea así y, por fin, la imprenta que inventó el testarudo de Johannes Gutenberg termine en el olvido absoluto de todos, como el cementerio donde él fue enterrado.

De su tumba seguimos sin saber nada. Otra tumba perdida. Después de todo, no sólo los españoles somos descuidados con la memoria de nuestros grandes hombres (aún andamos buscando la de Cervantes).

Los que le dieron el crédito para su proyecto se quedaron con todo, y él sin nada. Pero Gutenberg nos regaló la posibilidad de que, de pronto, la literatura del mundo estuviera al alcance de muchos, y no sólo de aquellos que podían pagar las costosas copias manuscritas de los libros. Su invento es tan importante en el devenir del conocimiento humano como posiblemente lo sea internet, pero a él le negaron el reconocimiento en vida. No nos olvidemos de Gutenberg ahora que quizá estemos dando un paso más, probablemente un gran salto con la informática y la electrónica. Cada avance humano se construye sobre los hombros de aquellos seres geniales que nos precedieron. Incluso los informáticos del proyecto ARPANET, que luego generó internet, leyeron muchos libros impresos. Sin leer esos libros no habrían creado la red.

El arresto

**Corral de comedias de la Cruz, Madrid,
29 de diciembre de 1587**

—Has de marcharte cuanto antes —le dijo Claudio en un susurro.

—¿Por qué? —preguntó él.

—Vienen a por ti, incauto —siguió explicándole su amigo—. ¿Cómo se te ocurrió hacer esos versos? Se los dicen unos a otros de corrido por toda la villa.

El interpelado no pudo evitar sonreír.

—Ésa era la idea —dijo, y repitió los versos en cuestión con orgullo vengativo:

> *Una dama se vende a quien la quiera.*
> *En almoneda está. ¿Quieren compralla?*
> *Su padre es quien la vende, que aunque calla*
> *su madre la sirvió de pregonera...*

—Pues el precio que habrás de pagar por tu entretenida venganza, Félix, será alto —insistió Claudio—. Los alguaciles están ya aquí mismo.

—¿Estás seguro?

—En la plaza del Ángel. Te han denunciado y vienen a por ti. Date por reo.

Félix, perseguido ahora por la justicia, no daba crédito. Nunca pensó que todo fuera a terminar así.

—¿Quién me ha denunciado?

—¡Voto a Dios! —exclamó Claudio—. ¿Y qué importa eso ahora? ¡No hay tiempo para lances de espada, amigo mío! ¡Ya están ahí! —Y señaló por encima de su hombro. Los alguaciles entraban en el corral de comedias de la Cruz.

Félix miró a un lado y a otro en busca de una salida. Pensó en ocultarse, pero todas las ventanas de la planta baja estaban enrejadas: era el lugar reservado para el público noble y éstos gustaban de verse protegidos y separados del vulgo. Podría usar las propias rejas para ascender a los balcones de la primera planta, pero era harto imprudente y algún noble despechado (tenía enemigos por todas partes) podría atraparle un pie e incomodar su huida. ¿La puerta? Imposible: los alguaciles estaban apostados como el can Cerbero en las puertas del infierno. Otra posibilidad era cruzar la barra del degolladero, así llamada por estar a la altura del cuello, que separaba en el patio los huecos reservados a los más adinerados justo frente a la escena, pero eso no lo llevaría a la libertad. Los alguaciles no se iban a detener por una barra. ¿Y subir a escena? Los actores, ya hacía un rato, habían salido y declamaban los versos del primer acto de su última obra, *Las ferias de Madrid.*

> —¿*Cómo haremos, Teodora,*
> *para engañar este viejo?*
> —¿*Cómo? Tomando el consejo*
> *que ayer te dije, señora.*

Así departían en escena. ¿Subir allí? Ser detenido en escena sería memorable, pero él quería huir. Tenía que pensar en algo, y rápido. La cazuela. El lugar en el centro del patio reservado a las mujeres. Y a los apretadores. Éstos eran los encargados de empujar los vestidos de las mujeres, pues ellas, con sus enormes voladizos, ocupaban demasiado espacio. Los apretadores presionaban aquellos vestidos haciendo que cupieran en aquel lugar.

Unos alguaciles se les acercaban. Iban volviendo a todos los hombres para verles el rostro. Félix dio unos pasos y se puso a empujar a varias mujeres hacia la cazuela, fingiendo ser uno de los apretadores. La argucia era buena. Un alguacil pasó a su lado sin reparar en él. Y el segundo servidor de la ley, igual. Pero el tercero era más metódico.

Fue arrestado allí mismo, en el teatro, mientras se estrenaba su última obra. La representación prosiguió sin reparar en que el autor salía de allí preso para dar con sus huesos en la cárcel. La historia se resume en pocas palabras: él, joven e impulsivo a sus veintipocos años, se había enamorado de Elena Osorio, mujer casada, hija de don Jerónimo Velásquez, actor teatral de cierta fama. Elena se había casado con otro actor, Cristóbal Calderón, con frecuencia ausente por actuar en diferentes lugares y hombre de poco postín. Félix supo ganarse el favor del padre de Elena componiendo divertidas comedias en verso que llegaban con facilidad al corazón del gran público. Eso generaba ganancias y Félix vio despejado su camino hacia Elena. Palabras a él no le faltaron luego para enamorarla. Hasta ahí todo fue bien, pero el padre anhelaba más oro y persuadió a su hija para que aceptara los favores de otro hombre de más dineros. Los celos de Félix o su rabia o ambas cosas a un tiempo estallaron. Primero dejó de pasar más comedias a don Jerónimo Velásquez y, como eso le supo a poco, proclamó en diferentes versos que hizo correr por todos los mentideros de Madrid que había un hombre que comerciaba con los amores de su hija. Ante la popularidad de las comedias de Félix y los múltiples poemas que éste ya había compuesto para proclamar su pasión por Elena, la gente no tardó en atar cabos. Llegó el escándalo y don Jerónimo lo denunció.

Félix, de habitual impertinente, no contaba con muchos defensores, y la condena fue rotunda y sonó solemne en boca del secretario del tribunal:

—Cuatro años de destierro de esta corte y cinco leguas: no le quebrante, so pena de serle doblado; y dos años de destierro del reino de Castilla, y no le quebrante, so pena de muerte.

Cualquier otro habría callado conteniendo su furia. Él no. Ni siquiera sus amigos Claudio Conde o Gaspar de Porres pudieron refrenar sus impulsos.

Cárcel de Madrid, noche del 7 de febrero de 1588

Los alguaciles irrumpen en su celda y lo ponen todo patas arriba. Lejos de callar, Félix ha seguido escribiendo versos licenciosos sobre los padres de Elena y ha conseguido que se difundan una vez más por toda la villa. Don Jerónimo lo ha vuelto a denunciar.

—¿Y esto? —dijo uno de los servidores de la ley, con una pluma y un tintero en las manos.

—Recado de escribir, ya se ve —respondió Félix.

—No. Tal y como vuestra merced hace uso de ellos, más parecen aceros.

Y se los requisaron y lo volvieron a juzgar, y le doblaron la pena.

Debería haberse reformado y no poner pie en la capital en años, pero Félix se enamoró de otra mujer de Madrid, doña Isabel de Urbina Alderete y Cortinas, de mayor linaje

que Elena, y no tuvo otra idea nuestro escritor que que-
brantar su destierro para persuadir a la joven de que esca-
para con él, y llevársela de la ciudad. Es decir: a efectos
legales, la raptó. Lo hizo ante la imposibilidad de que la
familia de Isabel lo aceptase como pretendiente (la fama
de vanidoso, tunante y asaz mujeriego y metido en juicios,
arrestos y condenas lo perseguía no sin razón). Todo terminó en un matrimonio por poderes, pero eso era sólo el
principio de una vida sin límites, vivida al mil por cien:
dos esposas, seis amantes reconocidas —más otras de las
que no sabemos con seguridad, pero que se intuyen—,
catorce o quince hijos (es difícil sacar las cuentas exactas),
tres mil poemas, dos mil obras de teatro atribuidas a su
pluma y varias novelas breves, algunas memorables, como
La Dorotea, donde describió apasionadamente su primer
gran amor, el de Elena. Hubo muchas más, pero ella siempre fue la primera que le hizo palpitar.

Hubo también un intento de hacerse sacerdote, en un
afán quizá de buscar sosiego, pero las mujeres volvieron a
alejarlo de la Iglesia. Es decir, ellas no, sino su afán por el
otro sexo, que no pareció decrecer nunca ni con la edad. Félix
Lope de Vega y Carpio sale siempre en todos los listados de
escritores más prolíficos de la historia, donde compite con
autoras como Corín Tellado y sus cuatro mil o cinco mil
novelas (también aquí parece difícil llevar la cuenta); el escritor alemán, también ya fallecido, Rolf Kalmuczak, a quien
debemos más de dos mil novecientas novelas (eso sí, usaba
cien seudónimos); o el autor brasileño de origen japonés Ryoki, con sus mil cien novelas publicadas hasta la fecha.
Ryoki sigue vivo y aún puede darles alcance a los demás,
aunque parece tarea titánica. Pero lo sorprendente para mí
no es ya sólo que Lope fuera tremendamente prolífico y que

mantuviera siempre una calidad sobresaliente que lo ha llevado a ganarse con todo merecimiento un sitio de honor en la literatura española y universal, sino que además pudiera compatibilizar esa ciclópea producción literaria con una vida no menos espectacular en amores, familias e hijos e hijas. Un fenómeno de la pluma, una fuerza de la naturaleza.

Es posible que, de todas las obras atribuidas a él, «sólo» unas trescientas sean realmente suyas, pues en aquel tiempo se decía: «Es de Lope», y eso aseguraba que la obra sería buena y, por encima de todo, entretenida. Lope creó la primera denominación de origen. Era un genio. Miren cómo definía la poesía:

—La poesía es pintura de los oídos, como la pintura poesía de los ojos.

Así escribía.

«Sólo» trescientas obras de teatro (más sus poemas y sus novelas y otros escritos) implica unas seis piezas teatrales completas al año.

En verso.

Rimado.

Posdata: en la Feria del Libro de Madrid de 2014, Lope volvió a arrasar con la publicación de su obra de teatro, inédita hasta la fecha, *Mujeres y criados*, editada por Cátedra.

Trescientos setenta y nueve años después de su muerte su popularidad permanece intacta.

Una noche de pendencia

Convento de las trinitarias, Madrid, 1629

La madre superiora miró hacia el cielo y suspiró.

—Noche clara y sin nubes. Mal asunto.

Una joven novicia que la acompañaba, Marcela de San Félix, hija de un ilustre autor de teatro de la época, no entendía bien cómo se podía llegar a aquella extraña conclusión de considerar una noche de cielos despejados como algo malo; pero como la madre superiora, más experta en las lides del mundo, vislumbró de reojo la incomprensión de su pupila, se detuvo y se explicó con paciencia bendita bien entrenada.

—En las noches de lluvia de otoño, los hombres beben en las tabernas y luego se retiran a sus casas o posadas. A nadie le gusta batirse bajo el agua; pero, cuando el mal tiempo da un respiro en estos meses de frío, muchos se vuelven como locos y quieren aprovechar la bonanza del cielo despejado para satisfacer viejas disputas pendientes. Noche clara de otoño en la villa de Madrid, hija mía, es noche de pendencia.

Fuera del convento de clausura, varias calles más lejos, en medio de las sombras que proyectaba aquella misma luna llena que se veía desde el convento, en una esquina angosta del Madrid de los Austrias, el sonido de espadas chocando en un duelo infernal resonaba por las paredes de las casas cerradas. Nadie quería intervenir. Don Diego se batía con buen temple, pero el vino hacía estragos en sus reflejos; y su oponente, Villegas, no estaba dispuesto a bajar la guardia, sino, muy al contrario, certero pero innoble, pretendía aprovechar cualquier error del contrario para herirlo sin clemencia. En ésas estaban cuando don Diego dio uno de esos pasos atrás, dubitativos, que da quien ha bebido en demasía y, en medio de la lucha, trastabilló, cayó de espaldas y perdió el arma. Uno más noble habría esperado a que don Diego recuperara la espada, pero Villegas no atendía al detalle de la caballerosidad en la disputa de aceros y no dejó pasar la ocasión: mientras el otro andaba desarmado, lo hirió con saña.

—¡Voto a Dios, cobarde! —exclamó don Diego llevándose la mano al pecho y con la rodilla en tierra.

Villegas se dio cuenta de que el asunto había pasado a mayores y, de pronto, percibió que las consecuencias podían escapársele de las manos. Él no temía la venganza del herido, ni la de su hermano José, que lo asistía en aquel trance. No era eso, sino que Villegas se dio cuenta de que la pendencia y su resultado podían llegar a oídos del tercer hermano: don Pedro. Y eso ya era harina de otro costal. Así, el comediante y actor, que eso era Villegas, puso pies en polvorosa y su sombra se desvaneció en la oscuridad angosta de las calles de un Madrid somnoliento.

Al herido don Diego lo condujeron a casa de un amigo que vivía cerca de la plaza Mayor; allí lo atendió un médico.

—No es grave —dijo este último tras limpiar y vendar la herida—, pero deberá guardar cama unos días... y nada de lances en varios meses. Y... —El médico dudaba; pero, como era conocido de la familia desde hacía años, compañero de campañas en tercios militares, se aventuró a lanzar una advertencia—. Y mejor que don Pedro no sepa nada de todo esto o se montará la de San Quintín en un abrir y cerrar de ojos.

Aún no había acabado el buen galeno de lanzar aquel aviso cuando la voz rotunda de don Pedro retumbó a su espalda.

—¿Qué es lo que no he de saber?

Todos se volvieron para verlo. Allí estaba. En pie, recio, barba bien afeitada, espada a la cintura, manos rápidas y la mirada cortante.

—No ha sido nada..., hermano —dijo el herido don Diego—. Una disputa estúpida..., un mal lance...

—¿Y por una disputa estúpida te veo malherido y tendido en un lecho? —Pero levantó la mano para evitar explicaciones y circunloquios; como hombre resuelto que era, fue al grano—. ¿Quién ha sido y dónde está?

En esto llegó a la habitación uno de los padrinos que, astuto, había seguido al escurridizo Villegas para tener noticia de su escondrijo.

—El muy miserable se ha puesto fuera de nuestro alcance —dijo el recién llegado.

Don Pedro suspiró con fuerza. Miró a su otro hermano y demandó aclaraciones. Y éste, como siempre, no supo negarse. Pedro era insistente y no pararía hasta tener noticia cierta de todo lo acontecido.

—Villegas, el comediante, criticó tus versos y una de tus obras; Diego lo tomó a mal y de las palabras se pasó a las espadas. Un duelo correcto hasta que Villegas, el muy infame, aprovechó que Diego perdió el arma para herirlo cuando estaba desarmado.

Don Pedro asintió lentamente.

—¿Lo hirió cuando estaba desarmado?

—Así es —confirmó José.

Don Pedro se volvió entonces hacia quien había afirmado que Villegas estaba fuera de su alcance.

—¿Tanto ha corrido ese miserable que ya no podemos atraparlo? —preguntó don Pedro.

—Tanto tanto no ha sido —respondió el interpelado—. Más que otra cosa es que se ha detenido en la calle Cantarranas.

Todos guardaron un silencio profundo.

—¿Y ha entrado? —preguntó al fin don Pedro.

—Saltó los muros del huerto. Dentro está.

Todos sabían que en la calle Cantarranas estaba el convento de las trinitarias de San Ildefonso. Convento de clausura. Lugar inaccesible. Buen escondite..., pero la faz de don Pedro tornábase roja por momentos.

—Primero critica mis versos, luego hiere a un hermano mío cuando está desarmado y ahora se oculta entre las faldas de las monjas. Este Villegas no pasa de esta noche. —Y dio media vuelta y, con la mano derecha firme en la empuñadura de su espada, marchó dejándolos a todos sin saber qué decir. Sólo les dio tiempo a escuchar sus últimas palabras antes de partir de la casa—: ¡Llamad a los alguaciles!

—¡Voto a Dios! —aulló el dolorido don Diego, y se dirigió a su otro hermano—. ¡Ve y detenlo, que Pedro es capaz de entrar a sangre y fuego en el convento y eso no se lo perdonarán ni los frailes ni el rey, por mucho que gocen con sus versos!

Entretanto, en el edificio de las trinitarias en la calle Cantarranas, la madre superiora intentaba hacer entrar en razón al comediante Villegas.

—Os ruego que abandonéis el convento antes de que

todo este dislate quede en manos de alguaciles y jueces. Recordad que el hombre es menos clemente con sus congéneres que Dios.

Pero Villegas negaba con la cabeza.

—No puede ser, madre. Me dejé llevar. Sé que he obrado mal, pero vos no conocéis a don Pedro. Está... loco, y es capaz de cualquier desatino.

—Por eso mismo debéis marchar... —Pero la madre superiora no pudo terminar la frase. Varios golpes rudos y duros y secos retumbaron a su espalda. Golpeaban la puerta con la furia de la venganza. Al oír los golpes, la monja se había vuelto un instante hacia el pasillo que daba a la entrada; cuando quiso dirigirse de nuevo al comediante, éste había desaparecido.

En la calle, los alguaciles intentaban hacer entrar en razón al hermano del herido.

—Don Pedro, atienda a razones: es un convento de clausura. Si es menester, haremos guardia hasta que salga ese miserable —le prometían, pero don Pedro sabía del poco tesón de los alguaciles y estaba seguro de que más pronto que tarde abandonarían la vigilancia, por unas copas en la taberna más próxima o por una moza que los distrajera.

—¡No! —rugió don Pedro a voz en grito para que sus palabras escalaran los muros del convento y se introdujeran por las ventanas hasta llegar a oídos del comediante—. ¡Vamos a entrar y vamos a hacerlo ahora!

En el interior del convento, Villegas arrastraba sus botas embarradas por los charcos que aún quedaban de la tormenta de dos días atrás, ensuciando las lápidas de la capilla. Se detuvo encima de una de ellas y se limpió el barro seco aprovechando las hendiduras del nombre del difunto que estaba esculpido en la piedra solitaria. Si se hubiera fijado, habría podido leer el nombre del muerto sobre cuya tumba se rascaba las suelas de sus botas: «Miguel de Cervantes Saavedra», pero Villegas no estaba para literatura. Oyó un estruendo. Don Pedro, solo o asistido, había destrozado las bisagras de la puerta y caminaba ya por los pasillos del convento de las trinitarias.

—¡Virgen santísima! —exclamó la madre superiora, interponiéndose en el avance de don Pedro Calderón de la Barca—. ¡Éste es un lugar sagrado! ¡Deteneos!

Y ante la madre superiora, don Pedro dominó al fin sus pasiones desatadas.

—Se esconde aquí un hombre que ha herido a mi hermano... —dijo don Pedro.

—Y saldrá de aquí, os lo prometo; pero vos también debéis marchar. Ya habéis quebrado la clausura de este lugar. No añadáis más sacrilegios a esta locura.

Los alguaciles contemplaban la escena desde la puerta, sin atreverse a poner un pie en el interior del edificio.

No está claro cómo se sucedieron el resto de acontecimientos: parece que don Pedro, por fin, se detuvo, pero Villegas escapó aprovechando la confusión causada, seguramente saltando de nuevo el muro del huerto y desvaneciéndose entre las sombras de Madrid. Todos tenemos la imagen de un don Pedro Calderón de la Barca mayor, respetable, en retratos serios sobre su figura, y lo recordamos por sus magníficas obras como *La vida es sueño*, *La dama duende* o *El médico de su honra* y, cómo no, por sus muy ortodoxos autos sacramentales. Cuesta imaginarlo siendo capaz de quebrar la clausura sagrada de un convento en pos de venganza, pero así ocurrió una jornada de mil seiscientos veinti... tantos, que las fuentes no terminan de precisar la fecha. Pero Calderón fue joven y de temperamento caliente;

y, como tantos otros escritores de la época, no dudaba en desenvainar la espada si había ultraje de por medio. Sí, fue el autor de solemnes autos sacramentales y obras de teatro serias, pero también fue joven y tremendamente impetuoso. Aquella reyerta y aquel romper la clausura sagrada le valieron a Calderón reprimendas del entonces poderoso fraile Paravicino y hasta del propio rey, así como la enemistad eterna de Lope de Vega, pues la joven novicia Marcela de San Félix era hija del otro famoso dramaturgo, que no se tomó nada bien que Calderón irrumpiera allí donde ella residía, incluso aunque el motivo pudiera verse justificado. Parece que el bueno de Lope ya no recordaba su propia juventud harto azarosa, tanto o más que la del impulsivo joven Calderón. Pero ya se sabe que con facilidad vemos la paja en el ojo ajeno y no la viga en el propio.

El tiempo y los años parece, no obstante, que sí fueron domando el carácter de Calderón.

De Villegas poco más se sabe aparte de que salió vivo de aquel lance; pero, y esto sí que es una lástima, de la tumba de Cervantes, sobre la que Villegas quizá se limpiara las botas —o no, pero sobre la que seguro que pasó por encima—, de esa tumba nada se sabe. Se tiene noticia de que en aquel convento de la calle Cantarranas, que hoy, ironías del destino, se denomina calle de Lope de Vega, en efecto fue enterrado, de forma humilde, don Miguel de Cervantes (y una placa así lo atestigua en la fachada); pero como la capilla antigua se derribó y el convento fue reconstruido entre 1673 y 1698 por los arquitectos Marcos López y José de Arroyo, se perdió conocimiento del lugar exacto de la tumba. Les garantizo que pocos países son tan poco cuidadosos con el recuerdo y el respeto a sus más grandes ciudadanos (como ya dije, aún andamos buscando la tumba del autor del *Quijote*). Los ingleses o los estadounidenses o los franceses o los alemanes tienen enormes cementerios, basílicas y panteones especiales donde recogen los restos de sus más grandes artistas y personas de ciencia (aunque de cuando en cuando también yerran, como hemos visto antes en el caso de Gutenberg). En España somos así. A veces le dan ganas a uno de desenvainar la espada, como Calderón, y no detenerse ante nada.

La madre superiora de las trinitarias, más sabia que yo, y más mesurada en sus reflexiones, miraba al cielo por las noches y rogaba a Dios por nubes y lluvia, buenas para el campo y bálsamo contra las noches de pendencia.

Un calambur

Madrid, año del Señor de mil seiscientos cincuenta y... algo

Un hombre camina con aplomo por una de las bocacalles de la plaza Mayor de la capital del reino de España. Se detiene ante una taberna y entra decidido. Los amigos lo reciben de forma alegre, aunque haciendo bromas sobre su retraso.

—Tarde llegáis, pardiez —le dice uno de ellos.

—¿Acaso ya no hay vino en la venta? —pregunta el recién llegado, fingiendo cara de temor.

—Mucho honor es llamar venta a esta taberna donde hasta las ratas tienen miedo de entrar; pero vino, lo que se dice vino, sí que hay —le responde el amigo.

—Entonces tarde no he llegado. —Y se dirige al tabernero—: ¡Una nueva jarra para todos estos amigos! ¡Y otra más para mí! ¡Vengo con la sed que el demonio ha de tener sin duda en el infierno!

Y la jarra llega y a ésa la siguen otras dos. Entre chascarrillos, poemas improvisados y requiebros a alguna de las mozas que ayudan al tabernero, la noche avanza a grandes pasos, pues entre amigos todas las horas vuelan y es menester saborear cada instante, que la vida es corta y los años se nos desvanecen como sueños.

La noche se ha apoderado de la ciudad hace un rato

largo. Se acerca la hora de cerrar. Es momento de truhanes y de apuestas, de fingir un valor que no se tiene y de fanfarronerías sin límite impulsadas por las olas del licor en las embotadas cabezas de los hombres.

—Ayer, en el Prado, lo volví a comprobar —dice uno de los amigos—. La reina está cada día más coja.

Todos rieron. Cierto era. La reina consorte Mariana de Austria, esposa de su real majestad Felipe IV, sufría una cojera evidente.

—Pues yo he oído que la reina se enfurece enormemente si alguien se refiere a su cojera —dijo otro de los amigos—, incluso si lo hace en voz baja. Cuentan que cuando oye cuchicheos a su alrededor, aunque nada tengan que ver con su pierna, los mira a todos con aire de querer llevárselos a los tercios de Flandes o al fin del mundo; así que ve con cuidado, no vaya a ser que ande por aquí, en las otras mesas, algún alguacil del rey y aún nos veamos en el lance de tener que desenfundar las espadas y batirnos a muerte por unas palabras demasiado impertinentes.

—¡Pues yo soy capaz de llamar coja a la reina en su cara! —exclamó el que había llegado con retraso y había pagado las últimas jarras de vino.

Aquél era un hombre osado, buen espadachín y, para colmo de desatinos, conocido poeta. Sus versos, con frecuencia altaneros o procaces, eran no obstante, todo hay que decirlo, siempre bien rimados, y a menudo andaban de boca en boca por toda la villa; incluso, en ocasiones donde brillaba su conocida locuacidad, por todo el reino.

—¿En su cara? —le preguntó el amigo que le había dado la bienvenida al llegar—. Mira que has bebido mucho vino. No hay arrestos en nadie para semejante atrevimiento sin que medie vino. No digas zarandajas, que de éstas te metes en un embrollo del que no te podremos sacar ni con la fuerza de todos nuestros aceros reunidos.

—Coja, insisto, se lo digo yo a la reina y a la cara y delante de todos vosotros y más gente —repitió el caballero poeta—. Y os apuesto... —Y aquí quizá las palabras del amigo que le advertían que estaba borracho y no medía bien sus fuerzas se hicieron notar, y fue comedido en la apuesta—. Apuesto... una cena. Pago yo a todos una cena si pierdo en esta misma taberna o en una de más postín si os place: eso os prometo, si no soy capaz de decirle así, a la cara, a su majestad la reina Mariana que es coja. Pero eso sí: si gano, todos me pagaréis a mí una cena durante un mes.

El amigo que le había advertido que fuera con tiento en sus bravuconadas vio que la apuesta, al menos, no era demasiado elevada, y concedió en que el resto aceptara el reto.

—Voy a cenar gratis un mes —dijo el caballero poeta—. Salud. —Y bebió a grandes tragos el último vaso de vino—. Un mes entero cenando gratis —repitió satisfecho; y dejó su vaso vacío, golpeando con fuerza la dolorida mesa de la taberna con su vaso ya vacío.

Pactaron que tenía una semana para conseguir aquella locura. Fueron éstos días en los que los amigos no lo vieron por allí. Todos estaban seguros de que se escondía. Al principio lo atribuyeron a la gran borrachera de la última noche en la taberna.

—Bebió demasiado.

—Voto a Dios que cuando recupere el sentido se dará cuenta de lo imposible que es ganar la apuesta —comentaban unos y otros, divertidos.

Luego pensaban que don Francisco de Quevedo, que así se llamaba el caballero poeta que había osado lanzar la apuesta, no aparecía por vergüenza o por miedo, pero una tarde en la que los reyes paseaban por el Prado, el grupo estaba reunido allí, como tantos otros nobles y no tan nobles de la villa, para ver desfilar a todos los que eran alguien en la capital de la corte. Para su sorpresa, los amigos vieron que su colega y poeta, con dos flores en la mano, una rosa y un clavel, se acercaba hacia sus majestades. Había un gran gentío. Era una jornada de temperaturas suaves que invitaban a solazarse en los jardines. El poeta miró a su alrededor, satisfecho: sin duda, quería testigos. Los amigos se acercaron, un poco por curiosidad y otro poco porque temían por la seguridad de su compañero. Al final parecía que iba a atreverse, al menos, a intentar llamar coja a la reina a la cara; y nada bueno podría salir de todo aquello. La guardia de sus majestades estaba por doquier.

Francisco de Quevedo consiguió llegar hasta la pareja real, pues sus poemas eran conocidos y, normalmente, apreciados por los monarcas, de forma que el rey, con un gesto de la mano, alejó a la guardia y permitió que el poeta se dirigiera a la reina. Además, Quevedo se aproximaba con flores en la mano, y un poeta armado con flores no parecía un peligro excesivo. Felipe IV olvidó que también venía bien pertrechado de palabras, versos y metáforas.

Francisco de Quevedo se detuvo ante la mismísima Mariana de Austria, hizo una gran reverencia ante la reina, le ofreció las dos flores, una en cada mano, y, mirándola fijamente a la cara, le dijo:

—Está su majestad tan radiante como siempre y le he traído un presente para festejar semejante lozanía. —Miró entonces de reojo a sus amigos y de nuevo a la reina. Allá iba: a por la apuesta—: Entre el clavel y la rosa, su majestad *escoja*.

La leyenda sostiene que la reina aceptó de buen grado

el regalo y que se tomó con buen humor el ingenio del poeta al responder:

—Que soy coja ya lo sé y el clavel escogeré.

¿Fue esto lo que realmente pasó? Difícil saber dónde termina la realidad y dónde empieza la leyenda. Lo que sin duda es seguro es que don Francisco de Quevedo era hombre asaz osado, gran poeta, ingenioso en extremo y capaz de los más mordaces juegos de palabras. De hecho, la frase «entre el clavel y la rosa, su majestad escoja» ha pasado a la historia como el calambur paradigmático. Me explicaré: un calambur es un juego de palabras donde, según la definición del *Diccionario de la Real Academia Española*, se juega con «la agrupación de las sílabas de una o más palabras de tal manera que se altera totalmente el significado de éstas». Por ejemplo, la conocida adivinanza «Oro parece, plata no es, ¿qué es?», no es más que otro calambur *(plátano es)* que aprendemos de niños.

Cómo echo de menos a Quevedo en estos días, su valor y su inteligencia. Si él estuviera aquí sería capaz de dirigirse a los próceres de la gran nave de la Unión Europea en la que navegamos a la deriva y sin rumbo: en particular, a los gerifaltes del Fondo Monetario Internacional y el Banco Central Europeo. Él sí sería capaz de decirles a la cara a estos insignes «capitanes de barco» verdades como puños con magníficos e irrepetibles juegos de palabras; a mí me encantaría poder emularlo, aunque sólo fuera modestamente, pero carezco del ingenio y del dominio del lenguaje del gran maestro de poetas. A mí sólo se me ocurriría reunir a estos líderes europeos y grandes banqueros internacionales que piensan más en las finanzas que en las personas: los invitaría a cenar en algún lugar de postín, un buen asador donde, eso sí, me permitiría mirarlos a la cara, directamente a los ojos, para anunciarles alto y claro cuál iba a ser el menú del asador en cuestión para esa cena:

—¡*Menú: dos cabritos, que sois merecedores de esto y mucho más!*

Del poder de Ramsés II al ingenio de Woody Allen

Siglo XIII a. C.

En las llanuras del sur de Egipto, en la frontera con el reino de Nubia, más allá de la primera gran catarata del Nilo, el faraón subió a su carroza militar. Los soldados egipcios vitorearon a su gran líder, ese monarca divino que a tantas victorias los había conducido. El Señor dador de Vida, Salud y Prosperidad les había devuelto el orgullo de ser egipcios: el gran faraón Ramsés II había doblegado a los piratas de Jonia y Lidia que apresaban antaño los barcos comerciales que se dirigían a los puertos mediterráneos de Egipto. Hubo una gran batalla naval en la desembocadura del Nilo y el faraón, como en otras ocasiones, resultó vencedor indiscutible; luego recuperó grandes extensiones de territorio hacia el este, luchando contra sirios e hititas, para, aseguradas aquellas fronteras, atreverse a llegar con sus ejércitos hasta la lejana Libia, donde había establecido fortificaciones para controlar aquella región temida y distante. Pero Nubia, la Nubia de donde fluía el oro, era ahora el gran objetivo.

—Todo está dispuesto, gran Señor dador de Vida, Salud y Prosperidad —dijeron los oficiales al faraón.

Ramsés II miró a ambos lados: centenares de carros militares egipcios se extendían en una interminable falange dispuesta a arrasar todo cuanto encontrara a su paso. Giró lentamente la cabeza y clavó los ojos en el enemigo: millares de nubios se encontraban armados con lanzas, espadas y escudos frente a ellos. Y no parecían tener miedo. Ramsés II sonrió malévolamente. Tampoco tuvieron miedo de él los hititas, ni los jonios, ni los hombres de Lidia o Libia... El faraón miró a sus hijos pequeños y les hizo la señal. Los niños subieron al carro real, orgullosos. No era la primera vez que iban a entrar en combate con su padre.

—Mirad y aprended —les dijo Ramsés, y se dirigió entonces a sus oficiales—; ¡Adelante!

Centenares de carros egipcios arrancaron al tiempo. Frente a ellos, miles de nubios armados empezaron a sudar miedo. El suelo comenzó a vibrar bajo el rugido de aquellas carrozas mortales. Los nubios eran valientes, pero el valor, en ocasiones, no basta. Los arrasaron.

Londres, principios del siglo xix. Unos tres mil cien años después de la carga de Ramsés II contra los nubios

—¿La han traído ya? —preguntó Mary Shelley a su amante. Ella sabía del interés de Percy por el viaje de aquel gigantesco monumento que traían desde el enigmático Egipto de los mil secretos hasta su destino final: el Museo Británico.

—Aún no —respondió Percy Bysshe Shelley mientras leía en el periódico un artículo sobre la legendaria estatua que tanta gente había codiciado.

Era un imponente monumento levantado por Ramsés II (el antiguo rey de reyes, como gustaba autodenominarse el faraón del siglo xiii a. C.) en recuerdo de su poder. El propio Napoleón había intentado trasladar el monumento a París, pero tuvo que desistir. Ahora, muy pronto, aquella gran estatua estaría en una de las grandes salas del Británico. Percy no esperó. Había una apuesta cruzada con un amigo por ver quién componía el mejor poema relacionado con la llegada de aquel monumento. No sabemos a ciencia cierta quién fue considerado vencedor, pero Percy B. Shelley escribió uno de los poemas más famosos de la literatura inglesa, al que tituló «Ozymandias», nombre que no es otra cosa sino la transliteración griega de uno de los apelativos con los que Ramsés II gustaba de ser conocido. Se trata de un soneto donde un viajero encuentra en medio del desierto de Egipto los restos de una estatua de colosales dimensiones de la que ya apenas queda nada: un pedestal, unos pies y un rostro medio enterrado en el suelo. Ruinas transformadas en el testimonio mudo del enorme poder de quien ordenó su construcción en otro tiempo, pero de quien ya no queda ni poder ni casi memoria; el viajero ve entonces unas palabras escritas en el pedestal: «Mi nombre es Ozymandias, rey de reyes, / ¡mirad mis obras, vosotros poderosos, y desesperad!». Y, sin embargo, sólo hay ruina y las arenas del desierto alrededor: una gigantesca metáfora sobre lo pasajero del poder terrenal que abandona siempre a todos, incluso a los faraones.

Cines Babel, Valencia, siglo XXI

Entro en el cine relajado, desconectado de mis novelas y de mis preocupaciones habituales, y me siento a ver una película de Woody Allen en inglés. Siempre me gustó ver el cine en versión original. Recuerdo incluso haber disfrutado viendo una película de Bollywood en un inmenso cine de la India. No entendía el idioma, pero el argumento era lo suficientemente sencillo como para que eso no fuera un problema, y en una película de Bollywood lo esencial no es el relato sino cómo te lo cuentan con baile y música...; pero todo eso es otra historia.

Volvamos a Valencia. Me siento en la butaca y los inconfundibles títulos de crédito ya nos hacen ver que estamos ante otra película de Woody Allen. ¿Será ésta de las que me gustan o de las que me dejan algo más indiferente? En cualquier caso, serán dos horas donde estaré pensando en lo que Allen quiera contarme. Lo último que tengo en mente es la literatura, el romanticismo británico o a Ramsés II cargando contra los nubios, pero Woody Allen es de esos a los que les gusta dejar caer referencias literarias aquí y allá, como gotas de una lluvia que no termina de cogerse pero que tampoco desaparece del todo. Y «Ozymandias» es una de esas gotas de lluvia fina: un poema especial, una enorme metáfora que permite que en el siglo XXI Woody Allen, en la película *A Roma con amor*, ponga en boca de uno de sus personajes la expresión «la melancolía de Ozymandias». Lo dice Alec Baldwin nada más empezar la película, en un intento por transmitir que su personaje piensa que en un tiempo no muy lejano, de una forma u otra, fue poderoso, importante, pero que en el momento de la vida en que ahora se encuentra sabe que de todo aquello apenas queda ya nada, sólo ruinas y recuerdos. Le pasa al personaje que encarna Alec Baldwin, pero también al de Roberto Begnini o al que recrea el propio Allen en la película. Hoy día, en la sala número 4 de la sección de escultura egipcia del Museo Británico, el viajero moderno puede admirar la colosal estatua de más de siete toneladas de peso que inspiró el poema de Percy Bysshe Shelley. La estatua del Museo Británico y la del poema no se parecen, pues la del museo es un busto de grandes dimensiones mientras que en el poema se habla sólo de un pedestal abandonado, con apenas unas piernas de piedra encima, sin busto humano reconocible y una cara pétrea enterrada en la arena. A Shelley no le interesaba retratar la estatua en sí; además, parece ser que escribió el soneto antes de que el monumento llegara a Inglaterra. Al poeta le interesaba lo que le sugería una estatua de alguien tan poderoso como Ramsés II, de quien luego no quedaba nada más que ruinas. La mención de Ozymandias en esa película de Allen quizá pueda pasar desapercibida para la mayoría del público, pero no quería desaprovechar la ocasión de explicar su procedencia y así, de paso, recordar a Percy Shelley y su poesía romántica y agradecer a Woody Allen que mantenga vivos poemas memorables que sabe envolver con una hilarante comedia. Ya ven: de Ramsés II, gran faraón de Egipto, al ingenio de Woody Allen, pasando por un poema romántico de Percy B. Shelley. Historia, cine y literatura caminan de la mano mucho más de lo que a veces imaginamos. Y ahí van los versos que unen a Ramsés, Shelley y Allen:

> *I met a traveller from an antique land*
> *Who said: Two vast and trunkless legs of stone*
> *Stand in the desert. Near them, on the sand,*
> *Half sunk, a shattered visage lies, whose frown,*
>
> *And wrinkled lip, and sneer of cold command,*
> *Tell that its sculptor well those passions read*
> *Which yet survive, stamped on these lifeless things,*
> *The hand that mocked them and the heart that fed.*
>
> *And on the pedestal these words appear:*
> *«My name is Ozymandias, king of kings:*
> *Look on my works, ye Mighty, and despair!»*

Nothing beside remains. Round the decay
Of that colossal wreck, boundless and bare
The lone and level sands stretch far away

Me encontré con un viajero de un país antiguo
que dijo: Dos enormes piedras, sin cuerpo,
están en pie en el desierto. Junto a ellas, en la arena,
medio enterrada, una faz rota yace, cuyo entrecejo,

y labio arrugado, y sonrisa de gélido poder,
muestran que el escultor supo leer bien aquellas pasiones
que aún sobreviven, grabadas en aquellos restos sin vida,
la mano que los humillaba y el corazón que alimentaba.

Y sobre el pedestal, estas palabras aparecían:
«¡Mi nombre es Ozymandias, rey de reyes,
¡mirad mis obras, vosotros poderosos, y desesperad!».

No queda nada más. Alrededor las ruinas
de aquel naufragio colosal, infinito y desnudo,
una llanura de arenas solitarias se extiende a lo lejos.

Los poetas del heavy metal

Somerset, Inglaterra, primavera de 1798

William caminaba junto a su hermana mientras Samuel, más taciturno, paseaba un poco por detrás.

—De verdad, es un gran libro —insistió William, pero su amigo parecía demasiado abstraído como para responder.

—Samuel, ¿en qué estás pensando? —preguntó la hermana de William.

—Ah, no, en nada —dijo Samuel como si despertara de un sueño—. Es decir: en nada no. Pensaba en todo lo que ha contado tu hermano sobre el viaje alrededor del mundo del capitán George Shelvocke. Me parece fascinante la idea de navegar y llegar hasta los mares del sur, hasta el Antártico, los hielos y esa historia del albatros gigantesco sobrevolando la nave hasta que aquel marinero, ¿cómo se llamaba...?

—Hatley —completó William Wordsworth.

—Eso es, Hatley —continuó entonces Samuel Coleridge—. Hasta que Hatley, después de varios intentos, mata al albatros por creer que ese gran pájaro les traía mala suerte y era el culpable de sus desventuras en el océano. Es un tema perfecto para un poema.

—Demasiado extraño —comentó William Wordsworth, y su hermana asintió.

Samuel Coleridge sonrió.

—Ya sabes que tú y yo no coincidimos en todo.

Y siguieron caminando, compartiendo el silencio de una tarde de cielos despejados y sin viento.

A los pocos días, Samuel Coleridge se sentó en su estudio y escribió uno de los poemas más enigmáticos y más grandiosos de la literatura inglesa, con el que nacía, junto con otros textos de su amigo Wordsworth, el movimiento romántico en la literatura anglosajona. El título del poema era «The Rime of the Ancient Mariner» («La balada del viejo marinero»).

—Ahí está —dijo Coleridge cuando lo tuvo terminado, mientras se recostaba en el respaldo de su asiento y leía aquellos versos que tan famoso lo harían poco después: esas líneas en las que describía un barco a la deriva, en medio de un mar sin viento, con los marineros muertos de hambre y sed, sobre los que, de pronto, empezaba a sobrevolar un enigmático y gigantesco albatros:

> *Day after day, day after day,*
> *We stuck, nor breath nor motion;*
> *As idle as a painted ship*
> *Upon a painted ocean.*

> *Water, water, every where,*
> *And all the boards did shrink;*
> *Water, water, every where,*
> *Nor any drop to drink.*

> *Día tras día, día tras día,*
> *atascados, sin brisa ni movimiento;*
> *tan inútiles como un navío pintado*
> *sobre un océano pintado.*

Agua, agua, por todas partes,
y todos los tablones se encogían;
agua, agua, por todas partes,
ni una sola gota que beber.

—Ahí está —repitió Samuel Coleridge cuando terminó su lectura en voz alta, sin saber que cambiaba la historia de la literatura con aquel largo poema (los versos de arriba son apenas una pequeña muestra).

Se trataba de una alegoría sobre la lucha entre la tendencia natural de muchos seres humanos a obrar mal y el reencuentro con la libertad gracias a la penitencia como único camino hacia la redención. Sí, así empezó el romanticismo literario inglés y, aunque eso ni lo sabían ni lo podían siquiera imaginar Coleridge o Wordsworth, así también cambió la historia del *heavy metal*. Claro que eso sería en otro lugar, en otro tiempo.

Madrid, primavera de 1834

Teresa había dejado de gritar, y por fin José pudo entrar en la habitación. Todo, pese a la sangre de las sábanas y la cara de agotamiento de Teresa, parecía estar bien. El parto había transcurrido según lo esperado. Le pusieron el bebé en sus manos.

—Es una niña —dijo su esposa desde la cama, con apenas un hilillo de voz suave pero serena.

—Es perfecta —respondió José, y se quedó mirando a la pequeña recién nacida como un tonto. Tras años de exilio en Portugal, Londres y París, habían conseguido retornar a España; y ahora, como un gran premio después de tantos sacrificios, tenían su primer hijo. Bueno, hija. Daba igual. Era tan hermosa como su madre.

Todo iba bien. ¿Demasiado bien?

Y es que las inclinaciones liberales de José de Espronceda hacían que la pareja viviera con un miedo constante a ser de nuevo expulsados del país por los seguidores más conservadores de Fernando VII. Peor aún: vivían siempre con la angustia de que él fuera encarcelado por sus ideas demasiado libres, demasiado libertarias. En definitiva: por pensar demasiado.

—¿Has compuesto algo nuevo? —preguntó Teresa, que se recuperaba rápido, elevando el tono de voz, mientras recibía de nuevo a la niña en sus brazos.

—He escrito un poema a un pirata, a un rebelde indómito, como nosotros. Lo he llamado «Canción del pirata».

Y empezó a recitarlo para su esposa, mientras la niña se agazapaba entre las sábanas y el pecho de su madre.

—Con diez cañones por banda, / viento en popa, a toda vela, / no corta el mar, sino vuela / un velero bergantín...

Espronceda, como Coleridge, también acababa de componer la letra de otro gran poema romántico y, de nuevo sin saberlo, otra gran canción de *heavy metal*. Algo que, claro, el poeta español, como el inglés, tampoco podía imaginar.

Varsovia, 1984

La banda de rock *heavy metal* Iron Maiden se prepara para salir al escenario. Decenas de miles de espectadores, entre los que hay muchos miembros del sindicato Solidaridad, que buscan liberar a Polonia del yugo soviético, deambulan entre los pasillos de las gradas. Todos acuden atraídos por aquella banda que ha decidido iniciar su World Slavery Tour en un país de la Europa del Este. Y no sólo eso: es, además, una de las primeras veces que una banda de rock occidental viaja con todo el montaje escénico al completo más allá del telón de acero. Steve Harris y sus compañeros salen a escena. Las guitarras eléctricas empiezan a sonar con fuerza casi ensordecedora. Un crescendo constante hasta que empieza a sonar la versión de más de trece minutos de «La balada del viejo marinero», para muchos una de las mejores canciones, si no la mejor, del *heavy metal* de todos los tiempos, basada en el poema de Coleridge.

A los polacos, que llevaban años aprendiendo inglés en secreto, les encantó.

Plaza de la Fuente número 8, Esparza de Galar, Navarra, 2000

Javi y Juanan entran en el estudio. Son los productores. Ya están todos. Cada uno de los miembros del grupo se pone junto a su instrumento y lo va afinando mientras los técnicos se sientan al otro lado del cristal frente a la gran mesa de mezclas. Al cabo de unos minutos, Javi y Juanan se miran. Asienten.

—Cuando queráis —dicen los dos al unísono.

Y Ángel, Arturo, Iñaki, Roberto y Paco se lanzan. Guitarras potentes para un barco que navega sin límites. Empieza de esa forma la grabación de la versión del grupo español Tierra Santa de la «Canción del pirata» de Espronceda. Apasionante.

Está claro que las bandas de *heavy metal*, que buscan con frecuencia temas misteriosos o épicos, cuando no ambas cosas a la vez, han sabido ver que la poesía romántica de todas las tradiciones literarias les ofrece exactamente eso que anhelan y, con audacia, se han lanzado a poner música a esa gran literatura sin atender a limitaciones ni a complejos. El resultado es sorprendente. Invito a escuchar ambas canciones a aquellos que no las conozcan aún.

Personalmente, me quedo con la de Tierra Santa.

Toda esta relación entre las bandas de *heavy metal* y la poesía romántica inglesa o española me la han enseñado, por supuesto, mis estudiantes. ¿Cómo quieren que deje de dar clase con lo mucho que aprendo cada día?

Demolición

El escritor paseaba por entre las columnas de la catedral y su alma se encogía de pena.

—Así habrá mucha más luz. Es más moderno.

Eso habían dicho. Y una a una destrozaron casi todas las magníficas vidrieras medievales de aquella mítica iglesia del centro de la ciudad. Sólo quedaban tres rosetones que quizá se les antojaron demasiado altos como para acceder a ellos con facilidad. En cuanto al resto, sustituyeron el multicolor de cada uno de sus paneles de vidrio por aquel otro vidrio blanco que sí, permitía una mayor entrada de luz, pero... ¡a qué precio! Luz a cambio de borrar los matices de todos los colores del pasado, luz a costa de los recuerdos de la historia: una cegadora claridad donde se esfumaba el origen de las cosas.

—¡Salvajes! —musitó entre dientes.

Tenía que hacer algo: debía implicarse de algún modo para detener aquella barbarie que amenazaba no sólo con destruir las vidrieras de muchas más iglesias y catedrales y edificios de toda condición del país, sino con llevarse por delante toda la arquitectura medieval de Europa.

—¡Bárbaros! —insistió con un rugido contenido, un grito ahogado que no emergía más potente de su garganta por respeto al lugar en el que se encontraba.

Sabía lo que iba a ver, sabía qué había pasado hacía

años; pero verlo de nuevo cada vez que entraba allí y, peor aún, saber que estaba pasando en más sitios le hervía la sangre. Sí, muchas veces había pensado que debía tomar cartas en el asunto, pero al final no hacía nada; después de todo, ¿qué podía hacer él? Apenas era un escritor, quizá algo conocido, puede ser, pero sin influencia ni capacidad para detener a aquellos salvajes.

Estaba allí, en el centro de la gran iglesia.

Daba igual. Aunque él no fuera nadie con el renombre suficiente, debía, al menos, intentarlo.

Salió de la iglesia, con el corazón todavía en un puño, y desapareció por las calles de la gran ciudad.

Al poco, llegó a su casa y casi de un tirón escribió «Guerre aux démolisseurs» (Guerra a los demoledores). Se trataba de un auténtico alegato contra la creciente costumbre de destruir todo tipo de edificaciones, religiosas o civiles, del pasado en aras de una modernidad absurda: como si destruir la historia ayudara a borrar nuestro pasado; como si nada de lo hecho anteriormente mereciera la pena que lo conservaran. Empezaban por las vidrieras de las ventanas, luego eran las fachadas y, al final, el edificio entero. Y empezaban por los edificios, pero ¿qué vendría después? ¿Las ideas o ya directamente las personas? Porque él lo sabía: todo era una cadena.

Escribió el artículo. Y consiguió que se lo publicaran.

Nadie le hizo caso.

¿Nadie?

No es exacto. Él escribía bien y era persona docta, culta. El escrito se tradujo a diversos idiomas y se leyó en toda Europa. Hasta Niels Laurits Høyen lo tradujo al danés y basó su restauración de la catedral de Viborg, uno de los monumentos más importantes de toda Dinamarca, en lo que él creía que era tener presentes los comentarios de nuestro indignado protagonista. Digo «creía» porque Høyen no debió de leer aquellos pasajes de «Guerre aux démolisseurs» donde se advertía que tan terrible como destruir era restaurar queriendo recuperar un pasado demasiado lejano en el edificio, como había ocurrido en algunas restauraciones en la Francia de principios del XIX. Høyen debió de saltarse esos párrafos y se empeñó en restaurar la catedral de Viborg eliminando todo lo anterior a 1726 en busca del románico nórdico inicial de la gran iglesia. Como vulgarmente se dice, se pasó de frenada, aunque el edificio sigue siendo impresionante.

Pero volvamos a la catedral de París, que es la ciudad de nuestro protagonista, y a Notre Dame, que es la iglesia cuyo estado lo atormentaba. Nuestro escritor está ahora sentado en un banco en el centro del edificio. Su artículo, más allá de influir a aquel arquitecto danés, apenas ha conseguido concienciar a nadie, y menos aún en su Francia natal.

Medita en silencio.

Entra otro hombre en la iglesia y se sienta a su lado.

—Sabes que me prometiste una nueva novela y aún estoy esperando. —Era Gosselin, su editor, el que le hablaba—. Tus poemas, tus obras de teatro, tus artículos...: todo eso está muy bien, pero lo único que te va a dar dinero de verdad serán tus novelas. —Y se levantó, pero antes de irse añadió un par de frases—: Además, son las novelas las que ahora hacen famosa a la gente. El mundo ha cambiado. —Y el editor miró hacia las vidrieras blancas—. Todo ha cambiado. Como esta iglesia.

Ante el silencio de su interlocutor, que permanecía sentado, inmóvil, como una estatua, Gosselin suspiró y empezó a alejarse.

—Tendrás tu novela —le respondió el escritor al fin.

El editor se volvió un instante y asintió, pero al tiempo hizo una mueca de incredulidad. Eran muchas las veces que aquel hombre le había dicho lo mismo.

—Estamos en verano —dijo Gosselin—. Te doy hasta febrero. Si en febrero no está, será mejor que te busques otro editor.

Y se marchó.

La catedral de Notre Dame permanecía en penumbra. La tarde había caído y aún no habían encendido las velas. Antes de que destruyeran las vidrieras, a última hora de la tarde había un momento multicolor en la gran iglesia. Ahora todo era un lento apagarse. Sí, el mundo cambiaba. Su artículo sobre las iglesias góticas y su valor, sobre las vidrieras medievales y sus colores no había servido de mucho, al menos en Francia, para concienciar a nadie acerca del valor de aquellos edificios. Pero... ¡Dios! ¿Cómo no lo había pensado antes? Gosselin le había dado la respuesta sin querer, pero se la había dado: el mundo cambiaba y de igual forma cambiaban las formas de comunicarse. Las novelas. Una novela era la respuesta. La gente escuchaba de otra forma. Lo había contado para oídos de otros tiempos y no lo habían entendido. Peor aún: ni siquiera lo habían leído. «Guerre aux démolisseurs» era un grito de otro tiempo, para gente de otro tiempo.

Victor Hugo se levantó de un salto. Un sacerdote lo miró con el ceño fruncido.

—Perdón —dijo el escritor, y salió de la catedral de París y se encerró en su casa desde septiembre de 1830 hasta febrero de 1831.

En un esfuerzo titánico del que le costaría recuperarse, escribió *Nuestra Señora de París*, su primera gran novela.

Tenía otras obras anteriores, pero ninguna con aquella fuerza y con aquellos personajes tan inolvidables como el jorobado de Notre Dame, ni con esa historia de amor imposible. La obra fue bien recibida por la crítica y rápidamente se hizo popular. En la novela, Hugo rompía con los moldes literarios tradicionales: situaba un edificio en el centro de la narración, un edificio que veía el paso del tiempo y de la historia a su alrededor, un lugar donde los personajes entraban y salían con sus pasiones, sus alegrías y sus tormentos. Hugo utilizó además como protagonistas a personajes mendigos y del inframundo urbano de una gran ciudad. Luego lo seguirían en ese retrato de los marginados autores como Balzac, Dickens o Flaubert, pero él fue de los que abrieron el camino. Y, por encima de todo, esta vez sí que se escucharon sus palabras, las palabras de Victor Hugo cuando describía con pasión absoluta la grandeza de aquel edificio que parecía estar condenado a desaparecer, a ser demolido y rehecho sin que se recordara lo que había sido:

> Y la catedral no era sólo su compañera, era el universo; mejor dicho, era la Naturaleza en sí misma. Él nunca soñó que había otros setos que las vidrieras en continua floración; otra sombra que la del follaje de piedra siempre en ciernes, lleno de pájaros en los matorrales de los capiteles sajones; otras montañas que las colosales torres de la iglesia; u otros océanos que París rugiendo bajo sus pies.

El pintor renacentista Rafael calificó el arte gótico de arte bárbaro, de los godos: un arte que debería desterrarse. Para él había que retornar a los clásicos de Grecia y Roma y olvidar la Edad Media. Y así se pensó durante siglos; pero, después de una descripción como la de arriba, ¿quién se atrevería ya a tocar una iglesia gótica para derribarla? Hay un antes y un después en la percepción del gótico por parte del pueblo francés, por parte de toda Europa, a partir de *Nuestra Señora de París* de Victor Hugo. El escritor francés tuvo la inteligencia de percibir lo relevante que era salvaguardar un arte maltrecho, pero además tuvo la genialidad de encontrar la forma en la que comunicar sus ideas al resto de un mundo que había cambiado. Hugo comprendió que la novela era más poderosa para comunicar, para divulgar, para persuadir que otros medios tradicionales. Notre Dame se restauró (no sin polémica, pero se restauró) y hoy es uno de los edificios más visitados del mundo y uno de los emblemas de París.

Desde aquella novela, el gótico volvió a ser aquel grandioso arte de crear pedazos de cielo en la tierra. El autor se hizo enormemente popular, y sus escritos sobre la educación, o sus discursos contra la miseria, contra la explotación de los niños en el trabajo o a favor de la paz conmovieron a demasiadas conciencias. Sus ideas le costaron el exilio, pero es que él no sólo se preocupaba de los edificios y del arte, sino, por encima de todo, de las personas. Por eso, cuando Victor Hugo falleció, los franceses no se olvidaron de él y dos millones de personas acudieron a su funeral de Estado.

La edición de Edelvives, en dos volúmenes ilustrados por el artista francés Benjamin Lacombe, es una delicia.

Los misterios de Eveline

París, 1832

Se detuvo en la calle, frente a una gran puerta, y fue a entrar, pero una portera de avanzada edad con aire agresivo le salió al paso y lo obligó a detenerse. Esgrimía una escoba con cara de pocos amigos.

—El señor no está —dijo la anciana.

—Ya. Bueno, yo soy Victor Hugo, amigo del señor, y estoy seguro de que sí que está en casa...

—No, no está —insistió la portera sin mostrar la más mínima intención de apartarse.

—Pero... ha llegado por fin la estación de las lluvias —dijo entonces Victor Hugo.

La anciana bajó la escoba.

—Haberlo dicho antes —gruñó haciéndose a un lado—; parece que la gente se divierte haciéndole perder el tiempo a una, con tanto como hay por hacer.

Hugo subió hasta el primer rellano; entonces, un sirviente le salió al encuentro.

—No se puede pasar.

—Ya —dijo Hugo, pero con aire sereno añadió una frase—: Vengo a vender encajes de Bruselas.

El hombre se hizo a un lado.

Hugo ascendió hasta el segundo rellano y allí, justo al lado de la puerta, había un mozalbete entretenido con unos gatos.

—No está el señor —dijo el jovenzuelo.

—No, ya, pero... —repuso entonces Hugo— la salud de la señora sigue estacionaria.

El muchacho se encogió entonces de hombros y se alejó de la puerta mientras los felinos lo seguían.

Hugo llamó un par de veces, pero, como imaginaba, no obtuvo respuesta alguna. Abrió la puerta y entró. Al momento se encontró en una gran sala prácticamente sin decoración en las paredes, aunque en ellas alguien había escrito: «cuadro de Rafael», «espejo de Venecia», «tapiz de los gobelinos»... y así en todas partes: diferentes nombres de aquellas cosas que su amigo no tenía, pero que seguramente albergaba la esperanza de poseer algún día.

Al fin lo vio. Estaba sentado al fondo de la habitación, medio oculto tras un biombo, como si buscara la mayor intimidad posible.

—Buenas noches —dijo Hugo—, ¿o debería decir «días»? —Y es que su amigo se acostaba después de comer, dormía por la tarde y se levantaba al anochecer para escribir.

—Has venido —respondió su interlocutor, dejando la pluma sobre la mesa.

—Por supuesto, pero he tenido que usar todas las contraseñas para que me dejaran pasar.

—Bueno, los tengo bien aleccionados. Ya sabes que no me gusta que me molesten cuando escribo.

Hugo asintió. También él mismo se había encerrado no hacía mucho durante meses para terminar *Nuestra Señora de París*, aunque el nivel de sus excentricidades no llegaba ni por asomo al de Honoré de Balzac. Además, su amigo no sólo se escondía para escribir, sino para que no lo encontraran sus múltiples acreedores.

—Quería enseñarte otra cosa —dijo Balzac, y extrajo una carta del bolsillo del hábito de monje con el que le gustaba escribir.

Hugo la cogió y la leyó con atención.

—Es de una mujer —dijo Hugo mientras leía— y dice que le gustan mucho tus libros —se sonrió—; también hace alguna crítica y firma como... «L'Étrangère». Curioso. ¿Sabes quién es?

—No, no tengo la menor idea.

—Debe de ser una lectora apasionada.

—Y quizá sea hermosa —apostilló Balzac.

—Quizá esté casada —sugirió Hugo—. El hecho de que no desvele su nombre puede apuntar en esa dirección.

—Oh, eso lo haría todo aún más emocionante —replicó Balzac con un brillo especial en los ojos.

Hugo se sentó en una de las butacas que había en la habitación. Su amigo estaba trabajando con verdadera pujanza en un nuevo libro de su serie *La comedia humana*. La carta lo había motivado. Eso era bueno.

—Averiguaré quién es y me casaré con ella —dijo Balzac.

Hugo no dijo nada. Sabía que cuando su amigo tomaba una resolución era imposible intentar hablarle de lógica, razón y decoro. Se hizo entonces un largo silencio. Las sombras de ambos escritores se reflejaban en las paredes vacías por la luz de las velas. Balzac se volvió y se puso a escribir.

Muchas eran las peculiaridades de Balzac en este aspecto, pero, más allá de curiosidades y leyendas, Eveline Hanska existió realmente. Era una rica noble polaca casada con un aristócrata del Imperio ruso veinte años mayor que ella.

Eveline, gran lectora, se apasionó con las novelas de Balzac y le escribió una carta anónima. Balzac publicó anuncios y contactó con ella. Llegaron a conocerse en Suiza, pero ella seguía casada. Daba igual: se juraron amor eterno. Todo apunta a que el marido de Eveline descubrió alguna de esas apasionadas cartas de amor que Balzac remitía a su esposa. El escritor, audaz, se inventó que Eveline le había pedido, a modo de broma, que le mostrara un ejemplo de lo que sería una gran carta de amor, y él le había correspondido. El esposo se creyó la explicación (o hizo como que se la creía) y falleció poco después. Todo parecía allanarse para formalizar la relación entre Balzac y Eveline, pero ella no podía casarse con un extranjero y dejar que las grandes riquezas del fallecido noble ruso Hanska terminaran nada menos que en manos de un francés. Eveline decidió entonces legar la mayor parte de sus posesiones a su hija, de forma que así consiguió el permiso del zar Nicolás I y pudo desposarse con Balzac, de quien había llegado a estar embarazada, aunque perdió el niño.

Además de culta, debió de ser una mujer muy atractiva. El músico Franz Liszt hizo todo lo posible por conquistarla cuando estuvo en San Petersburgo, pero Eveline se mantuvo fiel a Balzac. Otro asunto es la fidelidad de Balzac, a quien se le conocen otros amores y hasta hijos durante esta época. Fuera como fuera, Eveline accedió a casarse al fin con un Balzac enfermo que sobrevivió apenas unos meses a aquella anhelada boda; ya viuda, se preocupó de que la obra de su difunto esposo se reeditara en numerosas ocasiones.

Victor Hugo fue amigo de Balzac y acudiría a su entierro, donde pronunciaría elogiosas palabras en su honor.

Pero volvamos a aquella noche de 1832.

Al ver a Balzac dándole la espalda y escribir sin parar,

Hugo comprendió que su amigo ya había dicho todo lo que estaba dispuesto a decir esa noche, esto es: que pensaba desentrañar el secreto de la mujer que le había escrito aquella misteriosa carta, conocerla y casarse con ella. Hugo se levantó entonces y salió de la habitación. Al menos, al bajar las escaleras ya nadie le pidió más contraseñas.

Ésta es la historia de Eveline Hanska y Balzac, una historia real; pero en la historia de la literatura hay una segunda Eveline, misteriosa y muy olvidada, que nos muestra toda la fuerza del monólogo interior: esa forma de entrar en la mente de un personaje y narrar desde allí sus pensamientos, sus dudas, sus pasiones. El escritor irlandés James Joyce, junto con Virginia Woolf, fue uno de los grandes impulsores de esta técnica. Con frecuencia los textos escritos en monólogo interior son difíciles y complejos, pero hay uno sencillo, breve e intenso: se trata de un relato de la colección *Dublineses* de Joyce. En este cuento, una joven duda: no sabe si quedarse en Irlanda con su padre, un padre maltratador, o escapar con un marinero hacia Buenos Aires. El marinero ha prometido casarse luego con ella, pero ¿lo hará? ¿Quedarse en una vida de miedo y angustia pero junto a sus raíces o aventurarse a un mundo ignoto y nuevo en compañía de alguien al que apenas conoce? El relato lleva el nombre de esa mujer, y esa mujer se llama Eveline. La muchacha del cuento, en un momento de sus reflexiones, se acordará de las últimas palabras de su madre antes de morir: «Deveraun Seraun». Parecen estar escritas en gaélico y nadie ha averiguado aún lo que significan; pero estas palabras, como el propio recuerdo de su madre, parecen influir en la decisión final de Eveline. Como ven, cuando se trata de libros, el nombre de Eveline, ya sea en la realidad o en la ficción, va siempre asociado al misterio.

Un duelo sangriento sobre la nieve blanca

27 de enero de 1837

Nevaba con la rabia que desata la naturaleza cuando intenta impedir la estupidez de los hombres. Quizá el viento y la lluvia y el frío querían más obras maestras de aquel escritor de treinta y siete años que empuñaba con decisión irrefrenable esa pistola. Pero la tozudez humana siguió su camino hacia el abismo y la sangre.

—¡Aquí! ¡Los abrigos al suelo!

A la orden de Danzas, el padrino del escritor afrentado, ambos contendientes se desabrocharon los pesados abrigos de piel de oso que los protegían del gélido invierno ruso y los arrojaron al suelo, tal y como se les requería.

—¡Bien! —prosiguió el padrino, que hacía de maestro de ceremonias en aquel duelo prohibido a las afueras de San Petersburgo—. ¡Cada uno se separará de los abrigos veinte pasos, luego se detendrá y se volverá y, a mi señal, podrá avanzar de regreso a este punto hasta dar quince pasos! ¡Se puede disparar cuando se desee! ¡Pero recuerden que disponen de un único disparo! ¿Alguna pregunta?

Nadie dijo nada. Ambos contendientes miraban al suelo, concentrados. Disparar antes que el otro te aseguraba ser el primero en poder herir o matar al enemigo; pero si fallabas, el contrario disponía de la ventaja de apuntar con el sosiego que da saber que el otro ya ha malgastado su oportunidad. ¿Qué era mejor? Difícil saberlo. Y más en medio de aquella nevada interminable.

Georges d'Anthès, el oficial francés que había ofendido al escritor, fruncía el ceño y apretaba los dientes. Sabía que su oponente era temible. Como militar que era, para D'Anthès no se trataba en modo alguno de su primer duelo, pero nunca había tenido como contrincante a alguien tan experimentado como aquel furioso escritor ruso. Todos sus amigos se lo habían advertido una y mil veces.

—No dispares el primero.

—Pushkin ha sobrevivido a veintinueve duelos.

—Acércate cuanto puedas. Él es un experto en esperar hasta el último momento. Has de tener más sangre fría que él.

Así le habían aconsejado todos. De pronto, la voz de Danzas lo despertó de aquel trance en el que se encontraba.

—¡Empiecen a caminar!

Y ambos contendientes comenzaron a separarse de los abrigos de piel de oso.

El escritor ruso también estaba inquieto. Tenía malos presentimientos. Sabía de su pericia con la pistola, pero el fuerte viento era mal asunto: resultaba muy complicado apuntar bien con aquella tormenta. No tendría que haber provocado el duelo o, al menos, debería haber aguardado a una mañana despejada, pero eran ya demasiados meses de ofensas acumuladas. Aquel oficial francés, protegido del barón Van Heeckeren, de la legación diplomática holandesa en San Petersburgo, había intentado seducir a su esposa Natalia en varias ocasiones, en público y en privado. Y ni siquiera era aquél el primer duelo convocado entre ellos. La historia de rencor, celos y honor ultrajado venía ya de demasiado lejos como para detenerse ahora por un poco de viento y nieve. El escritor repasaba todo lo que había ocurrido mientras contaba, uno a uno, cada paso que daba. En un primer momento, todo pareció arreglarse cuando D'Anthès aceptó desposarse con Ekaterina, la hermana de Natalia. Pero el maldito francés, en lugar de olvidarse de su cuñada, intentó seducirla de nuevo. La asedió en fiestas y la incomodaba en privado sin importarle estar casado con su hermana. El escritor volvió a retarlo. Había sido inevitable.

Y allí estaban.

Un nuevo duelo. Uno que nunca se canceló.

El escritor se detuvo. Su cuenta de veinte pasos había terminado. Se volvió. Él no había sido hombre fiel, ni mucho menos, pero la cuestión no era ésa: se trataba de un asunto de honor al más puro estilo de un drama de Calderón, aquel escritor español que tanto le gustaba. Como Cervantes, como tantos autores de aquel remoto país del sur que había recomendado a otros colegas suyos.

—Tenéis que leer a Cervantes —les había dicho una y otra vez.

No estaba seguro de que le hubieran hecho mucho caso. Peor para ellos. Eso que se perdían de la vida... El maestro de ceremonias dio la señal y tanto D'Anthès como nuestro escritor se lanzaron hacia delante. El francés intentó contenerse pero, finalmente, fue el primero en disparar; y, ya fuera por su puntería certera o por el maldito viento de Rusia, la bala surcó el aire helado y reventó el vientre del escritor.

—¡Agggh! —aulló el autor de *Boris Godunov*, y se dobló hacia delante, hincó una rodilla en la nieve y tragó saliva—. ¡Por Dios!

Aquello dolía como una mordedura del mismísimo Satanás. No era como en sus novelas. Más de un duelo había narrado en sus obras maestras, especialmente en *Eugenio Oneguin*; pero ahora, la sangre roja que se vertía sobre la nieve blanca era la suya.

Todo estaba detenido.

Hasta la nieve dejó de caer por unos instantes.

La literatura rusa se tambaleaba.

El hombre que la había creado con su portentoso genio estaba herido de muerte, pero se levantó. En un alarde de energía extraña se irguió de nuevo y encaró a su enemigo; sin embargo, su arma había caído en la nieve y estaría mojada e inservible.

—¡Dios! —aulló con una mezcla de dolor y rabia...

Pero él sabía de duelos.

—¡Demando... una segunda pistola! —gritó el escritor malherido rehaciéndose como pudo; y el maestro de ceremonias, pálido porque veía que el héroe de Rusia se desangraba en pie, se acercó y le entregó, sin dudarlo, la segunda arma a la que tenía derecho. Sólo estaba permitido hacer un disparo, pero se podía disponer de más de un arma si una pistola se encasquillaba o, como en aquel caso, quedaba inútil por la nieve.

El escritor tomó el arma y apuntó hacia el oficial francés. D'Anthès podría haber huido, y lo pensó; pero, aunque fuera un sátiro, como quizá lo era también su contrincante, no era un cobarde y ofreció su cuerpo al oponente para que disparara, tal y como exigían las reglas del duelo. Eso sí: se puso de costado, lo cual podía hacer, para ofrecer un blanco más reducido.

El escritor ruso tragó saliva y disparó.

—*Mon Dieu!* —gritó el francés.

Le acababan de herir en un brazo. Pero como soldado sabía que no era un disparo mortal. El escritor ruso no aguantó más y se derrumbó entonces de golpe sobre la nieve. Sus padrinos y amigos se arremolinaron a su alrededor.

—¡Hay que solicitar el perdón del zar! ¡El perdón! —fue lo primero que dijo, y lo repetía una y otra vez mientras lo transportaban en un carro de regreso a casa sin que nadie consiguiera ya detener la hemorragia por donde se le escapaba la vida.

El escritor, con los ojos muy abiertos, dejó de hablar. Sólo tenía energías para pensar. El zar Nicolás I había prohibido los duelos. También había prohibido la monarquía rusa sus libros, y hasta lo había desterrado en el pasado. Luego Nicolás I se rindió a su genio y lo perdonó, lo hizo traer de regreso a San Petersburgo y le permitió seguir escribiendo y publicando. Más aún: incluso lo instó a que siguiera escribiendo. El escritor agonizante sonreía, como si se burlara del dolor. El zar había llegado a referirse a él como «el hombre más inteligente de Rusia».

—El hombre... más inteligente... de Rusia... —musitó entre dientes. Nadie lo entendió.

Alexander Pushkin falleció dos días después, desangrado. El zar, en efecto, lo perdonó y se ocupó de saldar sus deudas y de cuidar de su mujer e hijos. Sus obras maestras ahí quedan y son de todos. Su vida, con sus aciertos y defectos, es sólo suya.

San Petersburgo es una ciudad fascinante repleta de secretos y de maravillas, de entre las que destaca, sin lugar a dudas, el Museo del Hermitage; pero, si uno tiene una tarde libre y coge el metro y baja en la estación Chernaya Rechka y pasea hasta la calle Torzhkovskaya y gira hacia la izquierda en el primer semáforo a la altura de Novosibirskaya y camina hasta el final de la calle, y cruza a continuación las vías del tren y entra en un parque, encontrará un monumento en forma de obelisco en recuerdo a Pushkin. Estaremos entonces justo en el lugar donde Pushkin cayó herido de muerte. Si hace viento y se cierran los ojos, quizá aún puedan oírse los disparos.

Tal vez Pushkin se equivocó en aquel duelo, pero nadie podrá tacharlo nunca de cobarde. Éste fue el violento final del creador de la gran literatura rusa, pero ¿qué fue de la otra parte de esta historia? Esto es, ¿qué fue de aquel oficial francés?

Georges d'Anthès fue encerrado en prisión, pero al fin fue conmutada su pena y se lo desterró de Rusia. Regresó a Francia y entró a formar parte del partido realista, en el que ascendió sin parar hasta llegar a senador. D'Anthès, al contrario que el malogrado Pushkin, viviría largo tiempo, hasta 1895, cuando falleció en Soultz, Alsacia. Éste podría haber sido el final de su historia; sin embargo, parece ser que el escritor Elias Canetti, premio Nobel en 1981, por lo que acepto la posible veracidad de su relato, contaba una enigmática historia: decía Canetti que Eschbach, presidente del tribunal de comercio de Estrasburgo, conoció en su juventud, a finales del xix, a un anciano francés que vivía en un castillo y que en tiempos pasados había sido un senador poderoso en Francia; este anciano le contó un relato inconexo, pues parecía estar perdiendo la memoria. El viejo exsenador un día le dijo: «Hubo un tiempo en el que viví en Rusia. Allí maté a un hombre, pero no recuerdo cómo se llamaba».

Y el anciano se alejó y su figura se perdió en medio de una tormenta de nieve blanca.

Cartas rotas

Inglaterra, mediados del siglo xix

Esperó con la misma paciencia con la que la lluvia cae eternamente sobre Inglaterra. La oficina postal estaba repleta de gente. Todos enviaban o recibían cartas. Todos tenían a quién escribir o de quién recibir unas hojas repletas de afecto. Al fin llegó su turno.

Se acercó al mostrador.

No hizo falta que dijera nada.

—No, lo siento, señorita —dijo el empleado de correos. La visita de aquella joven era habitual; la respuesta también.

—Está... bien. No pasa nada —dijo ella intentando esbozar una tímida sonrisa—. Volveré mañana.

—Como quiera —le respondió el empleado de correos, suspirando.

La joven salió de allí cabizbaja, pero no se permitió una lágrima en público. La habían educado en el autocontrol. Como cuando sus hermanas mayores, Maria y Elizabeth, murieron por tuberculosis en aquel maldito colegio del que la sacaron junto con sus otras hermanas aún supervivientes. Se había forjado en el dolor y se había acostumbrado a sufrirlo en todas sus variantes posibles, físicas, mentales...

Había dejado de llover. Ahora nevaba.

Caminaba mirando al suelo blanco, inmaculado de la

nueva nevada. El frío mordía sus labios, su frente, sus pómulos acostumbrados a afrontar lo que fuera. Era una superviviente, pero sobrevivir es a veces el peor de los castigos.

Maria y Elizabeth se desvanecieron por la enfermedad, pero aún habrían de llegar más muertes. Una tras otra. El resto de sus hermanas y su único hermano también. En una carta se confesaba a uno de los pocos amigos que le quedaban:

> Si hace un año algún profeta me hubiera advertido sobre cuál sería mi vida en 1849, cómo de vacía y amputada iba a estar; si hubiera predicho el otoño, el invierno y la primavera de enfermedad y sufrimiento por el que aún tendría que pasar, habría pensado que nadie puede soportar algo así. Ya ha terminado. Branwell, Emily, Anne han desaparecido como sueños [...], uno a uno los he visto caer dormidos en mis brazos y les he cerrado sus ojos brillantes...

Se quedó sola. Todos muertos. Pero ella encontró algo, un pequeño gran secreto que ocultó a todos y que luego, cuando se hizo famosa, hasta sus biógrafos ocultarían también, pues quien iba a pasar a la historia como una de las más geniales escritoras del siglo no podía haber sentido aquella... pasión prohibida. Y es que ella había encontrado refugio en amar a un hombre, mayor que ella y, lo peor de todo para la moral victoriana de la época, un hombre casado. Todo había sucedido como en una novela, pero en este relato ella no podía modificar el curso de los acontecimientos. Sólo podía dejarse llevar: cuando había ido a Bruselas a impartir clases de inglés conoció a monsieur Héger, el director de la academia que la había contratado. Apuesto, serio, cabal: así era aquel hombre. ¿Cómo no enamorarse? Pero Héger se mantuvo fiel a su esposa y, cuando la joven inglesa salió de Bruselas de regreso a su Inglaterra natal, él, pese a los ruegos y súplicas de la muchacha, le prohibió que le escribiera. Héger había detectado aquella pasión de la joven y no quería corresponder, o no podía.

Y ella se quedó sola, viendo a su hermano y a todas sus hermanas morir una tras otra.

Intentó entonces refugiarse en la literatura y escribió una novela, pero le dijeron que no.

—No está a la altura.

—No tiene el nivel.

Eso le dijeron. Uno tras otro.

Un editor, al menos, la animó a enviar otro manuscrito nuevo. Como si escribir fuera tan sencillo, como si sobrevivir fuera tan sencillo. Ella volvió a intentarlo con monsieur Héger. Le escribía nuevas cartas en las que desparramaba sus sentimientos:

> Tengo que decirle alguna palabra en inglés: ojalá pudiera enviarle cartas más animadas, pues, cuando releo ésta, la encuentro bastante triste; pero discúlpeme, mi querido maestro, no se irrite por mi tristeza. Tal y como dice la Biblia, «desde lo más profundo del corazón, habla la boca», y en verdad me resulta muy difícil sonar animosa cuando pienso que nunca más volveré a verlo.

¿Estuvo Héger tentado alguna vez de dar respuesta a aquellas misivas? No lo sabemos. ¿Se reprimía porque no sentía nada por ella o porque estaba casado y amaba a su mujer? Sea como fuere, ella seguía intentándolo, pese a que, de alguna forma, él debía de haberle hecho llegar el mensaje de que dejara de escribirle, tal y como nuestra escritora da a entender en otra de sus cartas:

> Prohibirme que le escriba, el que rehúse darme respuesta alguna, eso será destrozar el único placer que me queda en la vida, arrancarme el único privilegio que tengo [...]. Día tras día espero respuesta y día tras día la decepción me arroja de nuevo hacia una miseria abrumadora...

Un día Héger cogió esa carta y todas las demás y las rompió en pedazos. Los sueños de la joven quedaron hechos añicos en una papelera del despacho de aquel hombre que no quiso nunca siquiera dar una respuesta breve.

Pero ¿cómo han llegado esas cartas hasta nosotros? ¿Cómo sabemos que existieron en verdad? Nos olvidamos de un personaje en esta historia: la esposa.

Monsieur Héger salió de su despacho y fue a dar sus clases. Su mujer, Claire, entró en la oficina de su marido y vio las cartas rotas en la papelera. Le llamaron la atención y recogió aquellos trozos con cuidado. Le costó un tiempo, pero, ya fuera por la curiosidad o por la intuición de que algo pasaba, pudo recomponer, una a una, todas aquellas cartas rotas. Y aquí llega lo más sorprendente: las guardó. ¿Por qué? ¿Por si las necesitaba en caso de un futuro divorcio? ¿Porque la conmovieron infinitamente? Es un misterio.

Cuando nuestra protagonista falleció en 1855 y Elizabeth Gaskell decidió escribir una detallada biografía sobre la gran autora, la propia Claire le enseñó las cartas. Gaskell las cogió con cuidado, se sentó en una butaca al lado de una ventana grande y las leyó con atención y mucha sorpresa. Luego sonrió y se las devolvió a aquella mujer. Elizabeth Gaskell omitió todo este episodio de la autora enamorada y nunca correspondida en la biografía que estaba escribiendo. No: su biografiada no podía haber estado enamorada de un hombre casado y haber intentado conmoverlo para que éste la correspondiera. No: eso era mejor ocultarlo. Como si los escritores y las escritoras de todo el mundo y de todas las épocas fueran seres perfectos, inmaculados, sin tacha. Además de que, a fin de cuentas, ella se habría conformado con tan poco: con alguna carta de vez en cuando que la rescatara de la soledad pavorosa en la que se había hundido.

Las cartas permanecieron mudas hasta 1913, cuando miembros de la familia Héger las enseñaron de nuevo y la prensa británica las publicó el 26 de julio de ese año.

Charlotte Brontë vio cómo todo lo que quería se deshacía en nada. Lo perdió todo: a todas sus hermanas, a las que adoraba; a su hermano, al que quería; y hasta vio cómo su único gran amor la ignoraba. ¿La literatura? Le acababan de rechazar su primera novela. Cualquier otro se habría rendido. Habría llorado y se habría consumido en una esquina hasta la muerte. Pero ella no. Se sentó de nuevo en la habitación de su casa y volcó todas sus entrañas, toda su ansia insatisfecha, todos sus sueños rotos en una de las mejores novelas de la literatura universal: *Jane Eyre*.

Jane Eyre sufre en la ficción infinitamente, como Charlotte en la vida real, pero la autora fue mucho más justa y compasiva con su creación de lo que el destino había sido con ella misma. *Jane Eyre* es sangre, lágrimas y dolor hechos literatura, pero donde el bondadoso, al contrario de lo que ocurre muchas veces en la vida, es capaz de triunfar contra todo y contra todos. Era su particular venganza frente a un mundo cruel y despiadado que sólo le había dado sufrimientos.

El éxito acompañó la novela desde su publicación en 1847. Su diseño y su escritura fueron el único consuelo de Charlotte mientras cerraba, uno a uno, los ojos de sus hermanos muertos a lo largo del otoño y el invierno de 1848 y la primavera de 1849 y mientras monsieur Héger rompía, una a una, todas sus cartas. *Jane Eyre* no es sólo una obra maestra de la literatura universal, sino el grito agónico de alguien que, aun sufriendo sin fin en su vida real, se reconstruye, día a día, en un mundo de ficción.

La novela ha sido adaptada en el cine en infinidad de ocasiones. La mejor, en mi opinión, es la producción de Zeffirelli con un gran William Hurt y una sorprendente actriz que, curiosamente, también se llama Charlotte: Charlotte Gainsbourg.

El primer «CSI»

Los árboles de Baltimore tenían las hojas doradas y rojas por el otoño. La ciudad, aunque fría, se veía hermosa aquella mañana del 3 de octubre de 1849. Walker caminaba distraído por el parque cuando se topó con un hombre tendido en un banco.

—¿Se encuentra bien? —le preguntó.

No hubo respuesta, pero el desconocido se movió como si lo hubieran sacudido brutalmente. Ante aquel respingo del hombre del banco, Walker dio un paso hacia atrás.

—Lo siento —continuó—; siento haberlo despertado, pero me pareció que quizá no se encontraba bien.

El desconocido se incorporó y se sentó en el banco. Tenía la mirada perdida, ausente.

—Reynolds... —dijo el hombre del banco.

Walker volvió a aproximarse, esta vez con más tiento. No quería verse sorprendido una segunda vez por otra reacción inesperada de aquel... ¿vagabundo? Pero no parecía alguien que viviera en las calles.

—¿Se llama usted así? ¿Reynolds? Yo soy Joseph Walker. ¿Se encuentra bien?

Pero el desconocido perdió el equilibrio, como si no pudiera controlar bien su cuerpo, y cayó de nuevo de costado sobre las maderas del banco.

—Reynolds —repitió aquel hombre con la mirada perdida, y empezó a vomitar. Walker estuvo a punto de irse. Seguramente se trataba sólo de un borracho más, pero vio que en la bilis que escupía el desconocido había sangre y tuvo el buen criterio de ir a por ayuda médica.

Condujeron al hombre del banco a un hospital. Durante horas deliró sin sentido, aunque, enigmáticamente, seguía repitiendo el nombre de Reynolds. Pensaron que debía de ser así como se llamaba y tardaron un tiempo en confirmar que no era ése su nombre, sino Edgar Allan Poe.

Murió de madrugada.

Las causas de la muerte del maestro del relato de suspense y terror norteamericano quedaron sin determinar. Se la achacó al alcoholismo, a un terrible delírium trémens, a las drogas, a un ataque epiléptico o incluso a la rabia o la sífilis. Pero hay cosas que no las producen la enfermedad, sea del tipo que sea. Por ejemplo: Edgar Allan Poe no tenía puesta su ropa, sino la de otro hombre. Se ha argumentado que quizá usaron a Poe para la actividad de *cooping*, consistente en utilizar a una misma persona para que votara en diferentes colegios electorales, durante unas elecciones que se habían celebrado ese día, y que luego se deshicieron de él emborrachándolo, sólo que, en esa ocasión, se les fue la mano con el alcohol. Otra teoría defiende que quizá Poe sufrió una crisis hipoglucémica o tomó demasiado láudano para suicidarse a causa de la depresión que arrastraba desde la muerte de su esposa. No lo sabemos. Sería interesante averiguarlo, pues el caso permanece abierto, aunque, lamentable y misteriosamente, todos los archivos relacionados con el fallecimiento de Poe están destruidos. Y nadie investigó. No hubo ningún Horatio ni ningún Grissom que se preocuparan por desentrañar el misterio. Y nadie sabe quién era ese Reynolds cuyo nombre repetía Poe como la palabra

Rosebud que el millonario Kane pronuncia en su lecho de muerte en *Ciudadano Kane*, la inolvidable película de Orson Welles. Sólo que la película podemos verla tantas veces como queramos hasta conectar los fotogramas finales con la misteriosa palabra. Pero en el caso de Poe no podemos rebobinar.

Poe, el genial autor de «La caída de la casa Usher», «El gato negro» o «El pozo y el péndulo», por citar sólo algunos de sus impresionantes relatos, murió solo, en circunstancias muy extrañas, en las calles de Baltimore a mediados del siglo XIX.

Hoy en la televisión podemos ver «CSI Las Vegas», «CSI Miami» o «CSI Nueva York», donde los modernos detectives de ficción desentrañan los más complejos asesinatos y muertes. Muchos creen que los antecesores de estas ficciones están en las obras de Agatha Christie o Conan Doyle, y sin duda todos recordamos a los magníficos Hércules Poirot, miss Marple o el inigualable Sherlock Holmes acompañado de su inseparable doctor Watson cuando vemos alguno de estos capítulos en la televisión. Pero hay un antecesor a todos ellos, un magnífico y brillante detective francés, C. Auguste Dupin, creado por el propio Edgar Allan Poe para investigar «Los asesinatos de la calle Morgue». En este relato absolutamente genial, Dupin, acompañado por un ayudante que le sirve de confidente —algo que ya anticipa la relación Holmes-Watson—, se ve envuelto en la investigación de un caso extraordinario y, en apariencia, irresoluble: una mujer y su hija han sido brutalmente asesinadas en su residencia, en una estancia cerrada, donde no hay forma de acceder desde la calle y donde se ha encontrado un pelo que no parece humano. Dupin, por supuesto, llegará hasta el fondo del asunto. Un relato recomendable para todos y un personaje legendario que reaparecerá en otros dos relatos posteriores del escritor estadounidense, porque Poe ya intuía lo magnéticas que podían ser esas historias de investigación criminal.

Pero ¿y la muerte del propio Poe? Ni a su magnífico Dupin, ni a Poirot ni a Holmes se les encargó desentrañar el misterio. Y lamentablemente fue Joseph Walker y no miss Marple el que llegó primero a la escena del crimen, por casualidad, como le suele pasar tanto a ella en las novelas de Agatha Christie. Así, el creador del primer «CSI» se quedó sin su *Crime Scene Investigation*, sin su «investigación de la escena del crimen», sin una policía científica que examinara las posibles pruebas del delito de su muerte, y aún hoy seguimos sin saber qué pasó con Poe. Así de paradójica es siempre la historia de la literatura.

A falta de la resolución del misterio, los lectores en lengua española podemos disfrutar de una magnífica versión de los relatos de Poe traducida por el no menos genial Julio Cortázar. Un maestro mimado por las palabras de otro maestro que nos ofrece un resultado fascinante.

Pero cierto es, pues oigo en mi cabeza el zumbido de los francófonos, que el primer Holmes de la literatura no fue el Dupin de Poe sino el Zadig de Voltaire. Y su razón tienen al recordármelo: el genial autor francés, ya en el siglo XVIII, nos deleitó con la novela *Zadig*, en la que un ingenioso filósofo, que el escritor sitúa en la Babilonia del mundo antiguo, sorprende a reyes y magos, a jueces y princesas con sus portentosas dotes para leer en las huellas que quedan grabadas en la tierra el misterio de acontecimientos ocurridos que para todos resultan inexplicables. Claro que, a veces, tanta clarividencia no está exenta de peligros. Así, cuando unos eunucos de la reina le preguntan en un bosque a Zadig si ha visto un perro de su majestad que se había perdido, el filósofo les responde con todo lujo de detalles. Demasiados detalles para unos soldados que sospechan de todo el mundo que no sea su rey. Esto les dijo Zadig a los eunucos de la reina:

—Es perra, que no perro, [...] que ha parido poco ha, coja del pie izquierdo delantero, y que tiene las orejas muy largas.

—¿Conque la habéis visto? —dijo el primer eunuco fuera de sí.

—No por cierto —respondió Zadig—; ni la he visto, ni sabía que la reina tuviese perra ninguna.

Ésa es una parte del diálogo. Pero Voltaire tendrá la sagacidad de conducir a nuestro maravilloso Zadig por turbulentos momentos vitales, pues tener la destreza de saber desentrañar todo lo que ocurre a nuestro alrededor, más que amigos, lo que hace siempre es crearnos enemigos mortales. A Zadig, por supuesto, lo detienen los eunucos, pues nadie podía saber tanto de una perra sin haberla visto, y le obligarán a pagar una multa. Eso sí: le permiten luego defender su inocencia (como ven, en la Babilonia que describe Voltaire lo de la presunción de inocencia brillaba por su ausencia). Zadig se defenderá con brillantez:

—Observé en la arena las huellas de un animal... y fácilmente conocí que era un perro chico. Unos surcos largos y ligeros, impresos en montoncillos de arena entre las huellas de las patas, me dieron a conocer que era una perra, y que le colgaban las tetas, de donde colegí que había parido pocos días atrás. Otros vestigios en otra dirección, que se dejaban ver siempre al ras de la arena al lado de los pies delanteros, me demostraron que tenía las orejas largas; y como las pisadas de un pie eran menos hondas en la arena que las de los otros tres, saqué por consecuencia que era, si soy osado a decirlo, algo coja la perra de nuestra augusta reina.

Podemos ver que Zadig, como Quevedo, se andaba con tiento a la hora de hablar de cojeras; y no ya de reinas, sino incluso de perras de reinas.

Y ahí empieza una maravillosa novela. Un auténtico primer «CSI» en donde, como ven, las técnicas de leer las huellas de las pisadas, que tan famoso harían a Sherlock Holmes, ya estaban perfectamente expuestas en un relato del siglo XVIII.

A falta de miss Marple, si Walker hubiera sido el viejo Zadig de Babilonia sabríamos sin duda quién era el misterioso Reynolds al que mencionaba una y otra vez el agonizante Poe.

Agorafobia

Thomas Higginson era alguien diferente. Quizá por eso estaba destinado a cruzarse con otra persona aún más peculiar.

Thomas Higginson estaba en contra de la esclavitud y desde el principio militó muy activamente en las filas de los abolicionistas en unos Estados Unidos divididos por aquella controversia en pleno siglo xix. Él era un hombre de principios férreos y, si acabar con la esclavitud implicaba el desmembramiento de la nación o incluso una guerra civil, estaba persuadido de que habría que pasar por ello. También tenía otras opiniones sorprendentes para la época: creía firmemente en la igualdad de derechos entre hombres y mujeres. Y en medicina defendía la utilidad de los tratamientos homeopáticos (que hoy día, aunque discutidos aún en nuestro país, están incorporados a la sanidad nacional francesa o alemana). En suma, Thomas Higginson era alguien muy raro.

Tras la guerra civil americana, después de haber comandado con grado de coronel el primer regimiento de negros de Carolina del Sur, decidió centrarse en otras rarezas suyas como, por ejemplo, el fomento de la literatura. Ya les he dicho que Thomas Higginson era un hombre muy muy extraño que se ocupaba de muchas causas perdidas. Con el fin de promover, pues, la creación literaria, escribió un artículo en la prensa de la época, concretamente en el *Atlantic Monthly*, donde daba consejos para los jóvenes escritores. Él nunca imaginó que aquel artículo podría cambiar la historia de la literatura norteamericana. Pero así fue.

Higginson prosiguió con su vida y sus causas perdidas un tiempo, sin reparar en el impacto que un texto como aquél pudiera tener en nadie. Sinceramente, no pensó que lo fuera a leer mucha gente; sin embargo, al poco tiempo de publicarse el artículo, recibió en su casa una carta escrita por una mujer. La letra era claramente de mujer. Y es que, aunque Higginson era firme defensor de que tanto hombres como mujeres merecen los mismos derechos, también tenía claro que en muchos aspectos somos diferentes. A veces en grandes asuntos, otras veces en pequeños detalles (que a la postre nunca son realmente tan pequeños).

Thomas Higginson cogió la carta y, tras mirarla por arriba y por abajo con la curiosidad casi infantil del niño que inspecciona un regalo antes de abrirlo, se sentó en su despacho, tomó un abrecartas y rasgó el sobre. Al parecer, la autora de la misiva tenía treinta y dos años e intentaba ser poeta. Adjuntaba cuatro poemas para que fueran evaluados por Higginson. «No sé si usted estará demasiado ocupado para decirme si mi poesía está viva.» Eso decía la autora en la carta. Estaban en 1862 en Estados Unidos. Cualquier otro habría desechado aquellos versos sin leerlos siquiera, pero él no. Era congruente con sus principios. Le llamó además infinitamente la atención que la autora de la carta, y los poemas, no quisiera saber si su poesía era buena o publicable, sino si estaba viva. Higginson había leído muchas formas de definir un poema, pero rara vez había oído en boca de un crítico literario el calificativo *viva*.

Higginson, hombre metódico, extendió los poemas sobre

la mesa y los leyó muy concentrado. Es cierto que él, como ya he referido más arriba, era peculiar, pero aquellos poemas eran aún más extraños que la más particular de sus rarezas. Y, sin embargo, los versos tenían algo que impedía que nadie se pudiera quedar indiferente ante ellos. La rima, desde luego, era torpe, irregular; el ritmo variaba, y la puntuación...

—¡Por Dios bendito! —exclamó Higginson en su despacho.

¿Cómo alguien que evidentemente tenía una gran sensibilidad y un vocabulario notable y hasta ingenio para generar curiosísimas imágenes poéticas y metáforas evocadoras podía saber tan poco sobre puntos y comas?

Sólo por eso muchos habrían desechado aquellos poemas sin dar respuesta siquiera a la autora, pero él no. Higginson le respondió animándola a que siguiera esforzándose y rogándole que le enviara más poemas. También intentó aconsejarla en lo referente al uso de los signos de puntuación. Él pensaba que todo el mundo podía mejorar.

Durante ocho años, aquella autora desconocida fue enviando poemas a Higginson, y más cartas. La poesía mantenía aquella intensidad sorprendente y Thomas Higginson estaba conmovido por su fuerza expresiva, pero, por otro lado, la escritora no hacía el más mínimo esfuerzo por corregir los flagrantes errores en el uso de los signos de puntuación y aquello exasperaba a Higginson sobremanera. En su cabeza no había explicación posible a semejante contrasentido entre un manejo brillante de la imaginación poética y un desapego absoluto por las convenciones gramaticales.

Pero Higginson, hombre tenaz donde los haya, se había guardado un as en la manga. Él no era proclive a darse por vencido con facilidad, así que se decidió a invitarla y le propuso que fuera a su casa a conocerlo personalmente para así poder hablar con tranquilidad sobre toda aquella poesía tan enigmática.

La respuesta de la misteriosa poetisa no se hizo esperar. Higginson llegó a casa y allí, sobre la mesa del despacho, el servicio de la casa le había dejado la nueva carta. Él se sentó y la abrió con el mismo abrecartas con el que había abierto la primera de aquellas misivas: «Si usted pudiera desplazarse hasta Amherst, estaría encantada de conocerlo personalmente, pero no abandono la casa de mi padre para ir a ninguna otra residencia o ciudad».

No salía nunca.

Y no parecía estar dispuesta a hacer una excepción ni siquiera con la única persona que se había molestado en leer sus poemas, comentarlos y animarla a seguir escribiendo. Ni siquiera por alguien así.

Una vez más, cualquier otro hubiera dado el caso por imposible, pero Higginson aceptó desplazarse y fue hasta Amherst para visitar a la misteriosa escritora.

Cuando llegó a su casa, Lavinia, la hermana de la poetisa, lo recibió en el hall.

—No sabe cómo le agradecemos esta atención suya. Sus cartas han animado mucho a Emily, pero debo advertirlo: mi hermana es...

—Distinta —dijo Higginson concluyente.

—Sin duda —aceptó Lavinia al tiempo que sonreía—, pero en grado extremo. No sale de casa desde hace años. Y acepta muy pocas visitas, aunque es una persona maravillosa y tremendamente cariñosa con los niños.

Higginson asentía mientras escuchaba las explicaciones de la hermana e iban ascendiendo por las escaleras de la casa para llegar al piso de arriba.

Emily Dickinson lo recibió a solas, en una habitación pequeña, pero luminosa, con una espléndida ventana desde la que la poetisa contemplaba el mundo. Él extendió la mano para estrechar la de la escritora; pero ella, tras una tímida sonrisa, dio un paso atrás. Siempre rehuía cualquier contacto físico con personas de fuera de la familia. No se estrecharon las manos.

Se hizo un breve silencio. Lavinia se dirigió a Higginson en un intento por mitigar la frialdad del recibimiento de Emily.

—Siéntese, por favor. —Y lo invitó a acomodarse en una silla junto a la ventana, justo frente a la escritora, que, en ese momento, miraba hacia el exterior a través de los cristales—. Bien, perfecto. Os dejo a solas —continuó Lavinia—. Debe de haber muchos temas de los que hablar.

Y salió.

—Gracias por venir —dijo Emily.

—Gracias por enviarme sus poemas —respondió Higginson.

Empezaron despacio, pero pronto pudieron ir hablando de diferentes asuntos, relacionados siempre con los poemas, hasta que llegaron al delicado punto del inapropiado uso de los signos de puntuación. Él intentó persuadirla de que debía aceptar algunas correcciones en sus versos, pero ella simplemente sonreía.

—El mal uso de los signos de puntuación distorsiona la fuerza emotiva de sus poemas —sentenció Higginson.

—¿Usted cree? —se limitó a decir ella.

Hablaron un poco más. Luego se despidieron.

Siguieron intercambiándose decenas de cartas y tres años después se verían una vez más.

Emily Dickinson falleció.

Thomas Higginson estaba convencido de que toda aquella obra poética no podía simplemente desvanecerse en el olvido, e impulsó la publicación de parte de aquellos poemas irrepetibles que Emily guardaba en un arcón y que su hermana Lavinia había descubierto. Eran centenares. Un regalo para la historia de la literatura: poemas escritos en la soledad intensa de una vida circunscrita, prácticamente, a una pequeña habitación. Emily sólo le había mostrado a su amigo Higginson la punta del iceberg. Había más de mil setecientos.

Ahora bien: cuando Higginson, junto con la familia de Emily, por fin publicó una parte sustancial de aquellos poemas, corrigió la ortografía, eliminó las mayúsculas que no procedían y quitó todos esos absurdos guiones que ella usaba en lugar de puntos, comas o puntos y comas.

Thomas Higginson supo apreciar la potencia de aquellos textos, pero nunca comprendió que a Emily Dickinson los signos de puntuación le importaban un pimiento y que las mayúsculas están para destacar lo que se quiere destacar, para las cosas importantes. La vida para ella no estaba hecha de puntos y comas, sino de esas líneas intermitentes entre las que ella insertaba palabras mágicas. Ahí va un botón de muestra traducido al español, con mis limitaciones, pero con inmenso fervor; y eso sí: sin cambiar ni una mayúscula y sin sustituir ninguna línea de Emily Dickinson por ningún punto o coma. Dios me libre de enmendar una sola coma a alguien tan absolutamente genial. Éste es el poema, como todos los de ella sin título, numerado como 327 en la mayoría de las ediciones actuales:

Before I got my eye put out
I liked as well to see—
As other Creatures, that have Eyes
And know no other way—

But were it told to me—Today—
That I might have the sky
For mine—I tell you that my Heart
Would split, for size of me—

The Meadows—mine—
The Mountains—mine—
All Forests—Stintless Stars—
As much of Noon as I could take
Between my finite eyes—

The Motions of the Dipping Birds—
The Morning's Amber Road—
For mine—to look at when I liked—
The News would strike me dead—

So safer—guess—with just my soul
Upon the Window pane—
Where other Creatures put their eyes—
Incautious—of the Sun—

Antes de que se apagaran mis ojos
Me encantaba ver—
Como a otras Criaturas, que tienen Ojos
Y desconocen otra manera—

Pero si se me dijera—Hoy—
Que podría tener el cielo

Para mí—te digo que mi Corazón
Se partiría, por el tamaño—

Las Praderas—mías—
Las Montañas—mías—
Todos los Bosques—las Eternas Estrellas—
Tanto del Día como pudiera absorber
Entre mis ojos finitos—

Los Movimientos de los Pájaros Mojados—
El Camino Ámbar de la Mañana—
Para mí—para mirar cuando quisiera—
Las Noticias me matarían—

Mucho más segura—imagina—con sólo mi alma
Sobre el alféizar de la Ventana—
Donde otras Criaturas posan sus ojos—
Ignorantes—del Sol—

Higginson fue muy criticado después por corregir la puntuación y hasta algo del texto de los poemas. Hasta 1955 no se publicaron los poemas de Emily Dickinson tal y como ella los escribió, pero a Higginson hemos de agradecerle que le respondiera y que la animara a seguir escribiendo poesía; que hasta la visitara y hablara a menudo con ella de literatura. Quizá nunca comprendió la excelencia de la obra de la autora, pero intuyó su genialidad y, seguramente, favoreció al contradecirla que ella se reafirmara en su forma de escribir, porque los genios parecen navegar mejor a contracorriente. Gracias, Higginson. Y por supuesto, gracias, Emily, por mirarnos con tanta atención desde tu ventana. La agorafobia te impidió salir al mundo, pero tú supiste ver, mejor que nadie, a las personas desde dentro.

Emily fue perdiendo la vista poco a poco (de ahí el sentido de los primeros versos del poema transcrito), pero parecía que cada vez veía con más nitidez el alma compleja de la humanidad. Leer a Emily Dickinson es mirar muy dentro de uno mismo. A veces puede dar vértigo.

El eclipse

Museo del Prado, Madrid, junio de 2014

Miles de personas desfilan por la gran pinacoteca nacional. No hay tiempo para apreciarlo todo. Los turistas se centran en admirar las obras de Velázquez, Goya, Murillo, el Greco, Tiziano... Sólo algunos que optan por una visita sin rumbo pueden descubrir secretos menos conocidos pero no por ello menos importantes. Una pareja se detiene entonces ante el cuadro *La rendición de Bailén*. Lo admiran un rato y luego se alejan. Me pregunto hasta qué punto saben de la importancia del autor de aquella obra, el pintor Casado del Alisal. ¿Sabrán que otras obras de Casado del Alisal están en el Congreso, en el Senado o en la Real Academia de la Historia? ¿Sabrán que Alisal fue, además de un magnífico pintor, alguien a quien le debemos mucho en la literatura...?

Calle Claudio Coello, 25, Madrid, 22 de diciembre de 1870, tres de la madrugada

—¿Cómo está? —preguntó el pintor Casado del Alisal nada más entrar en el piso.

—Está muy mal, amigo mío —respondió Ferrán—. Muy mal.

Casado asintió.

—¿Está solo? —preguntó el pintor.

—Con Casta —respondió el otro.

—Ya.

Casta era la mujer del amigo enfermo.

Casado del Alisal entró a la habitación donde estaba el enfermo y encontró a la esposa con rostro agotado. Ella se levantó enseguida.

—Está muy débil —le dijo—. Si os parece, os dejaré a solas con él. Voy a echarme un rato —añadió, y salió del dormitorio.

El resto de la noche fue lento y amargo. Tos nocturna y espumarajos de sangre por la boca. Cuando por fin el enfermo pareció conciliar un poco el sueño, Casado se sentó en una silla a un lado de la cama y Ferrán, el otro amigo, hizo lo propio en el otro extremo de la habitación.

Al amanecer, Casado abrió las contraventanas para que entrara la tenue luz del alba invernal de Madrid. Una hora después, su amigo enfermo, Gustavo, habló.

—Un poco... de agua.

Se la dieron. Bebió. Tosió y escupió más sangre.

A las diez de la mañana del 22 de diciembre de 1870, el enfermo despegó los labios. Quería decir algo. Casado se acercó. No lo entendían. Al final, dos palabras claras:

—Todo mortal... —dijo, y dejó de respirar sin terminar aquella frase. Los dos amigos se miraron. Casado asintió.

Ferrán le pasó la mano suavemente por el rostro y le cerró los ojos.

—Apenas unos meses después de la muerte de su hermano —dijo.

—Sí. Estaban muy unidos —confirmó el pintor—. No ha resistido el golpe de la muerte de Valeriano.

—Voy a avisar a su mujer y a organizarlo todo... para el entierro —añadió Ferrán. Casado del Alisal asintió de nuevo y suspiró.

Casta subió un momento y, mientras lloraba silenciosamente, limpió el rostro del fallecido. El pintor se levantó.

—Quizá prefieras estar a solas con él.

—No —dijo ella—. Ya está limpio. A él le gustaría... Ya sabes.

—Ah, sí, claro, por supuesto. Yo me encargo.

La mujer se sentó en una esquina, en la silla que Ferrán había dejado libre.

El pintor observó la faz de su amigo muerto. En aquellos tiempos era costumbre hacer un último retrato a un amigo o familiar recién fallecido, como quien guarda un último recuerdo. Casado del Alisal llevaba todo lo necesario: papel y lápices. Un genio de la pintura no necesita más. Se sentó por última vez al lado del buen amigo y realizó un breve retrato. Aún no estaba terminado del todo cuando la luz del sol empezó a desaparecer. Al principio, el pintor pensó que el cielo se había nublado, pero no. Era como si hubiera vuelto la noche. Casado levantó la mirada del dibujo con el ceño fruncido, confuso.

—Es un eclipse de sol —dijo Casta, que se había levantado para mirar por la ventana.

Eran las 10.40 de la mañana del 22 de diciembre de 1870 y el sol se ocultó por completo, sumiendo a Madrid en la oscuridad. A Casado del Alisal aquello le pareció bien.

—Se va uno de los más grandes escritores de España y España no lo sabe, le da la espalda, pero el sol se oculta en señal de duelo. Allí arriba saben más de literatura que en todos los círculos literarios de este país de envidiosos.

Todo se hizo rápido. Ferrán era muy eficaz y al mediodía el cadáver de Gustavo quedó enterrado en el nicho 470 del Patio del Cristo de la Sacramental de San Lorenzo.

Quizá Casado del Alisal recordara aquellos versos del amigo fallecido mientras depositaban su cuerpo en ese nicho olvidado...

Al ver mis horas de fiebre
e insomnio lentas pasar,
a la orilla de mi lecho,
¿quién se sentará?

Cuando la trémula mano
tienda, próximo a expirar,
buscando una mano amiga,
¿quién la estrechará?

Cuando la muerte vidríe
de mis ojos el cristal,
mis párpados aún abiertos,
¿quién los cerrará?

Cuando la campana suene
(si suena en mi funeral)
una oración, al oírla,
¿quién murmurará?

Cuando mis pálidos restos
oprima la tierra ya,
sobre la olvidada fosa,
¿quién vendrá a llorar?

¿Quién en fin, al otro día,
cuando el sol vuelva a brillar,
de que pasé por el mundo,
quién se acordará?

Pero el poeta se equivocó: sus amigos sí fueron a su funeral; y luego, a la una de la tarde, se reunieron en un estudio de pintura convocados por Casado del Alisal.

—Os he rogado que vinierais porque hay un asunto que tenemos que resolver entre todos, como sea. Hemos de juntar dinero y publicar los poemas y los cuentos de Gustavo. Tiene hijos. Sus escritos rendirán derechos de autor. Estoy seguro. No podemos fallarle en esto.

Y con la colaboración de Ferrán y el resto de amigos, impulsados por Casado del Alisal, las obras de Gustavo Adolfo Bécquer se publicaron: la rima LXI, que aparece arriba, y otras muchas; y sus colosales leyendas también: «El monte de las ánimas», «El miserere», «Los ojos verdes», «El rayo de luna» y tantas otras historias inolvidables, imprescindibles.

Y el pintor Casado no se equivocaba: las traducciones al alemán, al inglés, al francés o al ruso llegaron pronto. La fuerza de la poesía y los relatos de Bécquer era capaz de sobrepasar las barreras de los idiomas.

La envidia nacional, como anticipó el pintor, también llegó pronto. Unamuno, no obstante, puso en su sitio a los que criticaban a Bécquer y en 1924, cuando en medio de la naciente poesía moderna muchos aborrecían de él, parafraseó la rima LIII del poeta romántico por excelencia y escribió con acierto:

Volverán las oscuras golondrinas...
¡vaya si volverán!
las románticas rimas becquerianas
gimiendo volverán
[...]
Mas los fríos refritos ultraístas,
hechos a puro afán,
los que nunca arrancaron una lágrima,
¡ésos no volverán!

En el 25 de Claudio Coello, una placa recuerda que ésa fue residencia del escritor Gustavo Adolfo Bécquer. El 22 de diciembre de 1870, los periódicos de Madrid recogen un eclipse de sol cuarenta minutos después de la muerte del escritor. Los periódicos *El Imparcial, La Esperanza* o *La Opinión Nacional* se hicieron eco de la coincidencia del eclipse con la muerte de Bécquer.

La rendición de Bailén es la obra número P04265 del catálogo del Museo del Prado. El retrato de Bécquer recién fallecido pintado por Alisal es real. Curiosamente, Carrero Blanco fue asesinado casi a la misma hora en que murió Gustavo Adolfo Bécquer, a las 9.36, en la misma calle de Claudio Coello, en el cruce con Juan Bravo aproximadamente. Lo llamativo es que Carrero Blanco salió aquella mañana de su residencia de la calle Hermanos Bécquer.

Tusitala

Océano Pacífico, marzo de 1889

Había siete barcos de guerra en la bahía de Apia, en la isla Upolu del achipiélago de Samoa. Tres buques eran alemanes, a saber: el *Adler*, el *Olga* y el *Eber*; tres navíos pertenecían a la flota de Estados Unidos de América: el *Nipsic*, el *Trenton* y el *Vandalia*; el último formaba parte de la armada británica: el *Calliope*.

Se encontraban tan lejos de todo y de todos que estaban convencidos de que no habría testigos incómodos de su inconmensurable estupidez, es decir, de la estupidez de sus mandos y de los políticos a los que obedecían. En juego estaba el control de aquel archipiélago, una cuestión colonial, un asunto de despachos para los próceres de Berlín, Londres o Washington. Sangre, mucha sangre humana y muchas víctimas para los nativos de Samoa. Los imperios occidentales de Europa y Estados Unidos cometieron el error de olvidarse de un testigo: Tusitala lo vio todo y no sólo eso, sino que lo escribió para que quedara constancia ante la historia.

Los nativos de Samoa luchaban por su independencia, con garra y furia, y las potencias extranjeras habían tenido que enviar varios barcos de guerra para controlar la situación; al final, los navíos de un imperio se enfrentaron a los buques enviados por los otros. Y no era la primera vez. Ya había habido conflictos graves en Hawái entre alemanes y estadounidenses. Ahora parecía que, con tres barcos de cada flota en la bahía de Apia, la batalla estaba servida. Los hombres, cegados por sus rabias, sus odios, sus rencillas eternas, enfrentados los unos contra los otros, no prestaron atención a las señales: los días anteriores ya habían quedado varados en la playa algunos pequeños barcos mercantes por la fuerza de las olas. ¿Qué podía importarles eso a los mandos de los grandes buques de guerra, con sus cascos gigantescos de hierro y sus enormes motores a vapor que parecían querer desafiar a la naturaleza a la vez que se retaban entre ellos? Su acero y sus chimeneas de vapor podían contra todo.

«El 15 de marzo, el barómetro descendió hasta 29,11 pulgadas. Éste fue el momento en el que todos los barcos del puerto deberían haber escapado.» Así de taxativo se mostró Tusitala cuando recogió por escrito una narración sobre aquella locura. Él había navegado mucho. Sabía bien de qué hablaba. Pero ninguno de aquellos buques de guerra se movió de la bahía.

—¡Qué sabría ese Tusitala del mar! —habrían exclamado los capitanes de todos aquellos navíos militares si lo hubieran oído. Tenían su mente en otras cosas más relevantes para ellos. Salir del puerto era perder el control sobre el archipiélago, y ninguno estaba dispuesto a consentirlo. Se olvidaban del coral. Esto es: de los grandes arrecifes de coral.

Tusitala nos refiere cómo ni el viento ni la lluvia fueron capaces de arrancar árboles en la superficie. Eso debió de confundir a los capitanes. Sin duda, se confiaron. Si en la superficie no pasaba nada serio, ¿por qué tenía que ser diferente en las aguas? Sin embargo, en el mar todo fue distinto:

las olas adquirieron dimensiones dantescas. El buque *Trenton* fue el primero en desaparecer de la vista de todos los que observaban desde la distancia, incluidos los nativos de Samoa, quienes, armados hasta los dientes, no perdían de vista a ninguno de aquellos barcos. Quizá sus dioses estaban con ellos aquella jornada. Los necesitaban, porque, pese a disponer de muchas armas, éstas eran o viejas o poco operativas en comparación con la artillería de los barcos y los fusiles de los soldados europeos y estadounidenses.

Las olas crecieron.

Desapareció entonces el *Eber*, pero aún quedaban dos buques norteamericanos y dos alemanes además del británico. A las siete de la mañana le tocó al *Nipsic*; a las ocho, al *Adler*. Finalmente les llegó el turno al *Olga* y al *Vandalia*. Las flotas estadounidense y alemana habían sucumbido a las fuerzas de la naturaleza.

—¡Revertid los motores! ¡Invertid su posición! —aullaba el capitán del buque británico superviviente a la catástrofe absoluta de los que hasta hace un momento eran enemigos y ahora ya sólo espectros destruidos por el mar.

El buque británico, en efecto, revirtiendo la posición de sus motores, consiguió maniobrar y salvarse de los arrecifes mortales por muy poco. No obstante, el *Trenton*, al que todos habían dado por perdido, reapareció como si de un barco fantasma se tratara, pero sólo para naufragar brutalmente. Algunos de los otros buques, con algo más de fortuna, terminaron varados en la playa, como el *Nipsic*; y sólo gracias a la ayuda de algunos de los habitantes de Samoa consiguió salvar la vida parte de la tripulación.

Tusitala lo había visto todo y sabía que los europeos y los norteamericanos se esforzarían por borrar las huellas de toda esa estupidez y, a ser posible, también todo vestigio de la opinión de los habitantes de Samoa. Unos cuantos políticos se reunieron en Berlín unos meses después y lo arreglaron dividiendo el archipiélago en dos, una partición que aún subsiste. Los alemanes rindieron finalmente el territorio que les correspondió en el reparto, y así unas islas quedaron como independientes mientras otras permanecían en manos de Estados Unidos. Todo eso tras años de derramamiento de sangre inocente. Pero Tusitala decidió escribir uno de esos libros que al final casi son olvidados por todos. Consciente de lo irrelevante que Samoa podía resultar para un lector europeo o estadounidense, tituló de forma certera aquel volumen *A Footnote to History: Years of Trouble in Samoa*. Es decir: «Una nota a pie de página de la historia: años de convulsiones en Samoa». Algo de sustancia debió de decir en aquel libro, pues los habitantes de Samoa le concedieron a Tusitala precisamente ese sobrenombre, *Tusitala*, «el narrador de historias», y dejaron que el escritor escocés, tras su fallecimiento, descansara para siempre no en su Escocia natal ni en ningún lugar del Reino Unido, sino allí mismo, en Samoa, donde sigue aún su tumba, cerca del mar, ese mar del que tantas historias extrajo Robert Louis Stevenson, el autor de la inolvidable *La isla del tesoro* o la magnífica y enigmática *El misterioso caso del doctor Jekyll y mister Hyde*. Y otros relatos épicos y de aventuras. Pero además Stevenson, que desde niño sufrió siempre de una salud terrible, acompañado toda la vida de la tremebunda tuberculosis del XIX, no tuvo un día sano para escribir: cuando no tenía tos, era fiebre; cuando no era fiebre, sangraba por la garganta. Así, representa para mí el mejor de los ejemplos para cualquiera que pretenda ser escritor o, al menos, intentarlo. Él siempre estuvo enfermo y siempre escribió, en todo momento. Cuando un día me levanto y no me siento inspirado, pienso en Stevenson y desaparecen las dudas: no hay excusa posible y enciendo el ordenador.

Pero para los habitantes de Samoa, Stevenson seguirá siendo siempre su gran narrador de historias, aquel extranjero que llegó desde el otro vértice del mundo y supo comprenderlos, apreciarlos, vivir entre ellos, morir con ellos y narrar su historia, aunque su existencia sólo fuera eso: una nota a pie de página de la gran Europa (eran otros tiempos). Allí sigue su tumba, en una isla de los mares del sur. ¿Qué mejor lugar para el reposo eterno del artífice de *La isla del tesoro*? Tusitala, por siempre, junto al mar. Los seis barcos americanos y alemanes también siguen allí, bajo el coral.

Pero queda aún un misterio más de Tusitala que siempre me ha intrigado y para el que no tengo respuesta: el título de una de sus novelas más famosas esconde un enigma de lo más sorprendente. Me refiero a la ya mencionada *El misterioso caso del doctor Jekyll y mister Hyde*. Todos conocemos la obra, donde un médico se transforma por las noches en un sanguinario y abyecto ser de bajos instintos que el autor dio en llamar mister Hyde. Lo que se desconoce más es que un señor Hyde de carne y hueso se cruzó una vez en la vida real del escritor: a finales de la década de 1880, Stevenson recaló en Hawái, donde tuvo conocimiento de la heroica vida del padre Damián, un sacerdote católico que cuidaba a los leprosos en la isla de Molokai. El padre Damián, tras dieciséis años cuidando a aquellos enfermos, contrajo la terrible enfermedad; pero, para sorpresa de muchos, un reverendo presbiteriano de Hawái llamado Hyde criticó en una carta dirigida a las autoridades eclesiásticas al sacerdote, a quien poco menos que acusaba de provocar su propia muerte por falta de higiene. Tal infamia incendió los ánimos de muchas personas, entre ellas el propio Stevenson, que arremetió contra el reverendo de forma rotunda en una carta que hizo pública con el nombre de «Father Damien. An open Letter to the Reverend Doctor Hyde of Honolulu from Robert Louis Stevenson» (Padre Damián. Una carta abierta al reverendo doctor Hyde de Honolulu de Robert Louis Stevenson). Podría deducirse que de este episodio extrajo el novelista el nombre para el abyecto Hyde de su famosa novela; pero, y he aquí el enigma, la novela de Stevenson es anterior, pues se publicó en 1886, mientras que Stevenson entró en el conflicto público con las cartas referidas entre 1889 y 1890. ¿Es pura casualidad que Stevenson inventara un personaje vil años antes y que lo llamara Hyde y que luego, tiempo después, se encontrara en la vida real con un Hyde infame? Lo más probable es que a Stevenson, habiendo escrito una novela con un personaje con el nombre de Hyde, le llamara la atención que alguien con dicho nombre firmara una carta en un periódico de Hawái, y que a partir de ahí se interesara en el asunto; pero no deja de sorprenderme cómo con frecuencia la literatura se adelanta a la realidad de maneras misteriosas. En la ciencia ficción, género en el que se puede enmarcar esta novela, estas anticipaciones, como saben muchos de sus lectores, no son tan infrecuentes. Pero me consta que la del caso del reverendo Hyde es poco conocida.

La biblioteca del conde Drácula

Hay en la literatura una biblioteca casi secreta, inclemente, escondida y muy olvidada: la biblioteca del conde Drácula. En ella, el personaje de Bram Stoker, el vampiro más famoso de toda la literatura universal, esconde su siniestro objetivo. Si leen la novela, verán que en esa biblioteca el autor nos desvela los planes ocultos de Drácula, pero lo hace de forma sutil, indirecta, y nuestros ojos pasean ingenuos por esas páginas sin percatarnos de que ahí está la clave de todo. Ocurre como en una novela de Agatha Christie donde, si la lees por segunda vez, te das cuenta de que sí, de que ahí estaban todas las piezas para adivinar quién era el asesino, pero no nos dimos cuenta.

En el *Drácula* de Bram Stoker, el momento mágico tiene lugar cuando el incauto Jonathan Harker, el abogado que está visitando al misterioso conde, examina distraído los estantes de la biblioteca del gran vampiro. Harker no tendría que estar allí, no debería haber entrado ni siquiera al castillo del conde, pero éste había sido tan amable al recibirlo:

—*Come in on your free will and leave here some of the happiness that you bring.* [Entre libremente y deje aquí algo de la felicidad que trae consigo.]

Así lo saluda el conde. Y Jonathan Harker entra, y con él vamos todos nosotros en el viaje al mundo de Drácula. Pero nuestro abogado, inquieto, no conciliará el sueño tras haber sido agasajado en una cena en la que el conde —esto me encanta— dice que él ya ha comido. No: Harker no consigue dormir por las noches, así que se levantará y saldrá de su habitación, de donde el conde le advirtió que no saliera, y se adentrará por los pasadizos del castillo hasta llegar a la biblioteca de Drácula. Todas las bibliotecas del mundo merecen ser visitadas, pero ésta es la única en la que era mejor no entrar... ¿O sí?

Pero ¿dónde nació esta biblioteca de la ficción? De hecho, ¿dónde nació el conde Drácula? ¿Realmente nació en Rumanía? El auténtico quizá sí, pues el personaje, sin duda alguna, está basado en la figura del histórico y muy real Vlad Tepes. Fue éste un caballero de la casa Draculea y príncipe de Valaquia, una región de Rumanía situada en la Transilvania, nombre que, por otro lado, deriva del latín, donde *trans* significa «más allá» o «a través de» y *silva* se refiere a los bosques, a los inmensos hayedos del país. Un caballero valaquio, pues, que luchó con valentía y tenacidad contra las invasiones provenientes del Imperio otomano. Valentía y, por qué no admitirlo, desmedida crueldad, pues se hizo famoso por su sangrienta forma de empalar a todos los prisioneros de guerra (entre otras gentilezas sangrientas). Era su particular forma para intentar infundir temor en un enemigo mucho más grande y poderoso, algo que, por cierto, consiguió. Todo esto en cuanto al personaje real que encendió la llama de la imaginación en Bram Stoker. Pero... ¿dónde o cuándo nace exactamente el Drácula del autor de la genial novela homónima?

Tenemos que trasladarnos en el tiempo y viajar a Inglaterra.

Whitby, al noreste de York, 1890

Estamos en una pequeña población portuaria de unos pocos miles de habitantes. Es verano y la crudeza del invierno inglés parece algo dormida, aunque el aire es frío. El río Esk navega hacia el mar, desgajando la pequeña ciudad en dos mitades unidas por un solitario puente. Estamos en verano, sí, pero el viento sopla fresco. Un hombre cruza el puente algo cabizbajo, en parte para protegerse de la mordiente brisa del mar de finales de agosto y en parte porque anda ensimismado en sus pensamientos. Acaba de descender desde lo alto de las colinas donde se ve toda la bahía. La ciudad de Whitby le va a servir para los capítulos sexto, séptimo y octavo de su novela. Eso lo tiene ya todo escrito. De hecho, el libro está terminado. Y la historia le gusta: un gran vampiro que amenaza con dominar Inglaterra y luego el mundo. Pero... algo falla.

Se detiene un instante y mira hacia el mar, encarando el viento: ha seleccionado ese pequeño puerto, donde él veranea con frecuencia, para que el barco *Demeter* de su novela atraque con el ataúd que transporta a su mortífero protagonista. Sí, todo en la novela le gusta: la ha escrito cruzando supuestos diarios, cartas imaginadas, telegramas ficticios, pero donde todo parece tan real... No hay un narrador único, sino muchas voces diferentes, y el relato se construye en la mente del lector a medida que va poniendo todas las piezas en su sitio. Sí, todo le gusta excepto... una cosa. Bueno, dos cosas. Pero son asuntos importantes y eso lo incomoda sobremanera. Por un lado está el nombre de su protagonista. Se llama Wampyr. No está mal y define al personaje con claridad, pero... sí, lo sabe. No es original, ni evocador. Demasiado simple. Y le da rabia, porque la novela le está quedando genial. Y luego está la cuestión nada menor del título de la obra. *The Un-dead*. Es decir: *El no-muerto* o *Los no-muertos* (al ser un adjetivo en lengua inglesa sustantivado no podemos saber si el título está pensado en singular o plural, y en la novela sale más de un vampiro; incluso hay vampiras).

Sí: el nombre del protagonista no es adecuado, pero ya ha pactado la fecha de entrega del manuscrito y apenas dispone de unas semanas para la revisión final. Sin casi darse cuenta ha llegado de nuevo, como tantas otras veces, a la biblioteca de Whitby. Busca su lugar acostumbrado y selecciona las lecturas habituales y alguna nueva. Hoy se ha decantado por un libro que le había llamado la atención en otras ocasiones, pero para el que nunca había encontrado un momento: *An Account of the Principalities of Wallachia and Moldavia* (Una descripción de los principados de Valaquia y Moldavia), publicado en 1820 por William Wilkinson. Lo lee con interés. El texto ya no le descubre muchas cosas sobre una Rumanía que, aunque no ha visitado nunca, conoce con detalle gracias a los libros de Whitby y, sobre todo, la British Library de Londres. Pero de pronto sus ojos se detienen en una de esas pequeñas líneas en las que casi nadie repara: una nota a pie de página. Y es que en una de estas notas Wilkinson menciona a un tal Drácula que luchó contra los turcos siglos atrás. Y en esa nota el autor del ensayo explica qué significa el nombre: «*Drácula* en la lengua de Valaquia quiere decir "el demonio"». Nuestro protagonista de Whitby lo anota en su cuaderno con lentitud, pues está pensando intensamente mientras lo escribe en su bloc (un cuaderno que, por cierto, se puede ver en el museo y biblioteca Rosenbach de Filadelfia, en Estados Unidos).

Bram Stoker sale de la biblioteca de Whitby y cruza de nuevo aquel puente solitario. Se detiene en medio y mira hacia el río Esk. Drácula. Asiente despacio. Las grandes decisiones se meditan con tiento. Reemprende la marcha y, sin percatarse de ello, cada vez camina con más velocidad. Llega a su casa, sube directamente a su despacho. Coge el manuscrito de *El no-muerto* y tacha el título. Toma la pluma y debajo del título tachado escribe con seguridad uno nuevo: *Drácula*.

Y luego cambia, en cada página, el nombre del conde Wampyr por el de conde Drácula. Con meticulosidad. Ahora ya no se siente inquieto por el título de su nueva novela. Hay momentos de inspiración.

Whitby aparece constantemente en la novela de Stoker. No sólo es aquí donde llega el conde, en el barco *Demeter*, en su intento de hacerse con el dominio del mundo, sino que las ruinas de la abadía de la ciudad y sus tumbas en lo alto de los acantilados son escenarios tan fantasmagóricos como románticos que aparecen en la novela de forma dramática. Si uno quiere viajar y conocer a Drácula, tiene que ir a Rumanía —esa Rumanía que Stoker no visitó en persona—, pero también a la pequeña localidad de Whitby. Sólo así el viaje es completo. De lo contrario, uno puede ir a esta dirección de internet:

http://books.google.es/books?id=RogMAQAAMAAJ&pr intsec=frontcover&hl=ca&source=gbs_ge_summary_r&c ad=0#v=onepage&q&f=false

... y entrar en la versión gratuita del libro de Wilkinson, e ir paseando los ojos por las páginas, despacio, con el cursor, fijándose en las notas al pie (hay pocas), hasta que, antes de la página 20, les aparezca la famosa nota que inspiró el título de este clásico de la literatura. No les digo la página exacta.

Literatura más allá de la muerte

Inglaterra, a principios del siglo XX

Había estado escribiendo toda la noche. Se llevó las yemas de los dedos de la mano izquierda a los ojos. Dejó de trabajar y miró por la ventana. El amanecer era turbio, gris: plomo pesado sobre el mundo. La tos de la enferma había mejorado, la neumonía parecía aflojar, pero la vida no estaba dispuesta a concederle un respiro y oyó de nuevo, una vez más, aquel grito agónico que desgarraba el alma.

—¡Aaaah!

David contuvo la respiración. A aquel primer gemido le siguió uno más ahogado. Su madre no quería molestarlo mientras trabajaba. Menos que nadie ella, que lo había impulsado hacia la escritura; pero el dolor ya no se podía controlar. David se levantó. Salió de la habitación, cruzó el pasillo y abrió la puerta del dormitorio de su madre.

—Estoy bien... —mintió ella—. Sigue con lo tuyo. No te preocupes por mí. Estoy... bien..., de... verdad... —Pero las últimas palabras apenas fueron un susurro casi imperceptible.

Él no hizo caso. Fue directo a la cajonera de madera vieja, abrió el primer compartimento y extrajo la jeringuilla que tenía preparada con la morfina. Ella ya no argumentó más y dispuso el brazo. No se quejó mientras la pinchaba. Luego él se quedó junto a ella hasta que la vio dormirse. David cerró los ojos entonces, allí, sentado en la silla. Y también quedó dormido.

Se despertó horas después. Le dolía el cuello. Se había quedado dormido en mala postura durante largo tiempo, en aquella silla incómoda y vieja que tanto sufrimiento había presenciado. Alguna vez había pensado en reemplazarla por otra más confortable, pero la situación económica familiar no estaba para gastos innecesarios.

Pasó el resto del día entre la rutina de la supervivencia, preparando un poco de sopa para su madre y para él. Luego vino la rutina de la escritura, que no era rutina sino sangre tintada de negro, pues en cada página David se abría las entrañas mismas, aunque no se lo fueran a publicar nunca, aunque no lo leyera nunca nadie, aunque nadie pensara que valía la pena lo que escribía, excepto, claro, su madre, que seguía agonizando lenta y terriblemente por un cáncer de estómago que la devoraba desde el interior y para el que no había cura y ya casi ni alivio. La morfina, que en un principio había sido un bálsamo, tenía efectos cada vez menos duraderos.

David volvió a sentarse junto a ella con una taza de café en la mano.

Cerró los ojos de nuevo.

Su madre. Cuarenta años de golpes con un marido borracho, que la maltrató y la hizo pasar noches a la intemperie cuando ella ya estaba embarazada de él. Su madre, la que se esforzó en que fuera al colegio, en que estudiara, en que aprendiera para escapar de aquella locura de las minas y la explotación en la que vivían todos los mineros, su familia, embrutecidos, esclavizados.

Volvió a dormitar en la silla vieja.

Otra noche y otro amanecer.

«Ha amanecido de nuevo y ella sigue allí... —le escribió David a un amigo—. Veo a mi madre y pienso: "Dios, ¿es esto a lo que vamos abocados todos?".»

Los gritos eran cada vez más agudos, más descarnados. El dolor mordía punzante con la saña implacable de la injusticia que parece cebarse siempre con los débiles, con los inocentes o con los que pecaron para sobrevivir. ¿Y los que pecaron para enriquecerse, por avaricia, por perversión? ¿Ésos qué? ¿Cuánto tiempo más ha de sufrir brutalmente alguien sin culpa como su madre? ¿Horas, días, semanas, meses, años?

David se levanta. Está quebrando todas las normas, todas las reglas con su novela. Escribe sin límites ni control. Intuye que su obra nunca saldrá adelante, pero ya está más allá de las editoriales, de los críticos. Camina por el pasillo y a cada paso destroza una norma, un tabú, una ley. Abre de nuevo la puerta del cuarto de su madre. Ella ya no miente más y lo mira suplicante. Lo han hablado. Hace días.

—Te pueden detener —le había dicho ella.

—Dime que no quieres que lo haga, dime que no sueñas con ello, dime que no quieres y no lo haré nunca —había respondido él.

Ella siempre dijo que no lo deseaba. Así, la misma conversación día tras día, con las mismas frases que se les hacían viejas de tanto usarlas hasta que una vez, cuando David volvió a pronunciar su frase gastada, ella no dijo nada y calló. Y él levantó la mirada del café pensando que su madre se había quedado dormida, pero no: estaba despierta con los ojos abiertos, mirándolo fijamente, implorando en silencio.

Es ilegal, es una norma, hay una ley, pero David Herbert abre el cajón y prepara de nuevo la jeringuilla con la morfina, y esta vez no pone la dosis habitual, sino que la carga al máximo, con dos, tres, cuatro, cinco dosis. Las leyes, las normas, los tabúes quedan atrás. Se sienta junto al lecho de su madre. Es la persona a la que más quiere en el mundo, la única mujer a la que ha querido de todas las formas posibles. Ha habido encuentros y desencuentros con otras mujeres, pero es su único gran amor hasta la fecha. Él traga saliva y la mira. Ella asiente. Simplemente, no puede luchar más, no puede resistir más. Y cierra los ojos. David Herbert inyecta la sobredosis letal. Despacio, pero con el pulso firme de quien ha dejado atrás cualquier convención. Ya no hay retroceso posible.

Su madre se duerme.

El amanecer plomizo amenaza lluvia.

Su madre se muere.

Las primeras gotas golpean el alféizar y los cristales.

Su madre descansa.

Al cabo de una hora, David se levanta y regresa a su novela. Llora y quiere volcar su dolor en frases perfectas, inmensas, gloriosas. Quiere describir pasiones, miedos y desafíos del alma como nadie, aunque luego no querrán publicarla y se la censurarán hasta los amigos. El libro será demasiado..., no hay calificativos. Sí, quiere seguir, se lo debe a su madre; pero no puede, no puede. ¿Cómo escribir después de lo que ha pasado, después de lo que ha hecho? Se mira las manos convencido de que va a ver sangre en ellas, pero no hay nada.

Nada.

David Herbert tardará tres meses enteros en reunir las fuerzas antes de poder escribir una sola línea tras aquella fatídica sobredosis. Habrá momentos en los que llegará a pensar que nunca más volverá a ser capaz de hacerlo.

Pero lo hará. Porque hay literatura más allá de la muerte. Porque se lo debía a su madre, a sí mismo.

Cuando consigue, al fin, publicar la novela, después de que su amigo Garnett le recorte hasta el 10 por ciento del texto por excesivamente «fuerte», pese a ello, toda Inglaterra se estremece, se escandaliza, abomina de él. ¿Quién es ese loco? Inglaterra no es así: no existe esa violencia en las familias, ni esa represión en el sexo. El sexo que describe está descontrolado, es obsesivo, pecaminoso... *Hijos y amantes*, la mejor novela de David Herbert Lawrence, D. H. Lawrence en la historia de la literatura, hace temblar los cómodos cimientos de la novela inglesa. Está escrita en medio de amores y desamores, en medio de la muerte asistida por él a su madre enferma de cáncer, en medio de su enamoramiento con una mujer casada y con tres hijos a la que persuadirá para que lo deje todo y lo siga fuera de Inglaterra. D. H. Lawrence, sin límites en su vida ni en su literatura, denostado por muchos, aclamado por otros —como E. M. Forster, que lo calificará como el mejor escritor de su generación, o el crítico F. R. Leavis, que lo encumbrará como representante de lo mejor de la novela británica—, a nadie deja indiferente.

Sufrió como nadie. Rompió reglas como nadie. Escribía como sólo él podía hacerlo. Aún siguen escandalizados en el Reino Unido, y todo porque Lawrence hablaba con naturalidad de los amores extraños e inconfesables, esos que ocultamos siempre: los amores incestuosos, los amores infieles, los amores que no podemos controlar. *Hijos y amantes* se mantuvo siempre disponible para los lectores a través de sucesivas reediciones, y la Modern Library la incluyó entre las diez mejores novelas de la historia. Pero tuvimos que esperar hasta la edición de 1992 de Cambridge University Press (editorial Debolsillo en España) para tener el original de D. H. Lawrence completo. Sin recortes.

El seppuku del león de Transvaal

Norte de Italia, primavera de 1911

Caminaba bajo la nieve que caía plácida, inocente, eterna por todo el bosque. Había salido de Turín hacía una hora y lo último que esperaba era una nevada; sin embargo, recibió aquel gran manto blanco con una enorme sensación de serenidad. Aquel paisaje inesperado a finales de abril se le antojaba, no obstante, un decorado pertinente para su decisión. Grandes lágrimas blancas. Frías, como su corazón helado por el rencor.

Atrás quedaban tres cartas. Una para su familia, otra para los directores de los periódicos y una tercera para sus editores.

—Miserables —dijo en voz baja, en un susurro que rasgaba la nieve impoluta con el rastro cortante y agrio y feroz de la rabia—. Miserables una y mil veces.

Se detuvo y miró a lo alto, hacia el cielo. Los copos fríos impactaban sobre la piel de su cara, sobre su barba, sobre la palma de sus manos abiertas hacia las nubes. Cerró los ojos y pudo sentir el impacto suave de cada copo en sus párpados.

Se dejó caer de rodillas.

No lloró. Ya lloraba el cielo por su alma.

Él, sin embargo, ya estaba muy lejos de las lágrimas.

Extrajo con cuidado el kris malayo, el afilado cuchillo que había seleccionado para aquel momento.

Sonrió.

Siempre lo habían acusado de mentir, de inventarse mil cosas sobre su propia vida. Era en parte verdad, y en parte falso. ¿Dónde empezaba la realidad y dónde la ficción de la vida de un hombre, o de la vida de un personaje? ¿Cuándo termina la ficción y empieza el engaño? ¿Acaso no leen muchos para olvidar la verdad, para ser engañados, para soñar con mundos mejores, con países donde triunfa la honradez y la paz y la justicia, donde los malvados son castigados y los perversos ejecutados? Él apenas había navegado unas semanas, eso era cierto, pero con su mente había surcado los cinco océanos y había sido pirata y capitán, héroe y villano. Lo había tenido todo y lo había perdido todo. Eso en la ficción. ¿Y en la vida...? Una mujer trastornada por la sífilis y cuatro hijos a los que no podía dar todo lo que merecían, todo lo que necesitaban. ¿Quién cogió primero aquella maldita enfermedad? ¿Fue él quien se la contagió a ella o fue al revés? ¿Importaba eso acaso? Ella loca y él sin dinero suficiente para mantenerlos, a ella y a sus hijos. ¿Tendría cura la sífilis en el futuro? ¿Vendría alguna otra horrible enfermedad a estigmatizar a cientos, a miles de personas que, como ellos, la habían contraído? ¿Era la sífilis castigo de Dios? ¿Volvería Dios a castigar la lujuria del sexo con otra epidemia?

Miró el cuchillo que sostenía en la mano derecha. Al menos ya nunca dirían que no tenía agallas. Dirían muchas cosas de él, pero eso no. Cobarde nunca. Loco sí: seguramente lo llamarían trastornado, lunático. Asió la empuñadura con fuerza y situó el filo en el vientre. Se tenía que hacer con una decisión forjada por la misma voluntad que lo había conducido a escribir, una tras otra, sin desfallecer, 84 novelas. Una obra descomunal para alguien de cuarenta y ocho años.

Ahora eso no importaba. Todo lo hecho carecía de relevancia. En ese momento se trataba de centrarse y ejecutar el rito del *seppuku* con precisión.

—Ejecutar —masculló—. Sí, quizá ésa sea la palabra correcta.

Vulgarmente, aquella técnica de quitarse la vida que iba a utilizar se conocía como *hara-kiri*; sin embargo, él sabía que los japoneses preferían referirse a aquel acto con el nombre más noble de *seppuku*. Pero había que ser muy muy valiente para hacerlo. El dolor sería infinito. De hecho en Japón, con frecuencia, se contaba con un asistente llamado *kaishaku* que decapitaba al suicida antes de que el dolor fuera demasiado insufrible. Pero él no tenía asistente alguno. Tendría que hacerlo todo solo, a la más vieja usanza.

Inspiró lentamente. El último aliento antes del golpe final.

Cerró los ojos.

Las manos aferrando con fuerza la empuñadura.

Uno..., dos..., tres...

—¡Aaaggghhh!

Se hizo un gran corte en el vientre de izquierda a derecha. Lo suyo habría sido regresar de izquierda a derecha para abrirse las entrañas por completo, pero no fue capaz. El *kaishaku*, si hubiera dispuesto de él, lo habría decapitado en ese momento, pero no había nadie. Él mismo se rehízo, pese al dolor brutal que le mordía inmisericorde: llevó el filo de su kris malayo al cuello y se hizo un segundo corte, esta vez en busca de la yugular.

—¡Agh! —exclamó de nuevo, pero en esta ocasión con menos fuerza.

Soltó el cuchillo y se derrumbó de costado. Su sangre empezó a teñir de rojo la nieve que seguía cayendo sobre él, sobre el bosque y sobre toda Turín, sin detenerse nunca, ajena aquella tormenta a los sufrimientos de los hombres y sus miserias. Le gustó pensar que moría como Pushkin, sobre la nieve del mundo. Quizá su último recuerdo fue para *Il leone del Transvaal*, aquella historia que nunca quisieron que la gente conociera, su novela perdida.

Muy pocos occidentales se han atrevido nunca a quitarse la vida con aquel método, y menos sin ayuda, en solitario, sólo con la fuerza de su voluntad; pero aquel escritor italiano completamente desesperado fue uno de ellos.

Los editores leyeron la carta que les había dejado justo antes de adentrarse en el bosque próximo a Turín con esos ojos de incredulidad que se le quedan a uno cuando se da cuenta de que acaba de matar la gallina de los huevos de oro por pura avaricia. Aun así, intentaron negar la realidad.

—¿Qué dice? —preguntó uno de ellos al que sostenía la carta, al ver que su compañero se quedaba con la boca abierta y en silencio.

—Dice que nos hemos enriquecido a su costa, con su piel; que los hemos tenido a él y a su familia prácticamente en la miseria; y pide que nos hagamos cargo de los gastos de su entierro. Y dice que rompe su pluma.

El que escuchaba negó con la cabeza.

—Es un fanfarrón; siempre lo ha sido. No tiene las agallas necesarias para eso. Sólo busca que le paguemos más, pero no lo haremos. Si quiere más dinero, que escriba más libros. Eso es todo: más novelas, más dinero. No más dinero por cada novela nueva que se le ocurre. ¡Por Dios, nos arruinaría!

Y dejaron la carta sobre la mesa y salieron a comer. Era la hora del almuerzo y nunca perdían ocasión de degustar una buena comida en el último restaurante de moda de Turín. Ya hablarían después con aquel loco. Además, así daban tiempo a que se tranquilizara. No era el primer exabrupto de ese trastornado. Tenía imaginación y sabía contar historias de forma que enganchaba a muchos lectores, eso sí. Pero sólo estaban ante otra bravuconada más.

Pero Emilio Salgari, autor de las novelas de piratas más vibrantes jamás escritas, se quitó la vida con un cuchillo malayo abriéndose el vientre y cortándose el cuello según el rito japonés del *seppuku* o *hara-kiri*. Su cuerpo fue descubierto al día siguiente por una gran mancha roja que emergía desde debajo de la nieve blanca que cubría el bosque de los alrededores de Turín. Sus novelas llegaban a salir con tiradas de hasta cien mil ejemplares: un auténtico best-seller de la época (y de cualquier época) cuyas magníficas ventas se mantuvieron durante decenios, hasta los años setenta y ochenta del siglo xx. Sin embargo, sus editores siempre le pagaron muy por debajo de los porcentajes que en realidad le correspondían. Muchos de mi generación y de generaciones anteriores hemos surcado los mares con Sandokán y con todos sus grandes piratas y lobos de mar, y hemos disfrutado de increíbles aventuras gracias a su ingenio. Autores de la talla de Jorge Luis Borges, Carlos Fuentes, Isabel Allende o Umberto Eco, por mencionar algunos, lo disfrutaron de niños y lo han recordado siempre con enorme afecto.

Emilio Salgari es un escritor injustamente menospreciado hoy día que merece la pena rescatar para los adolescentes y los jóvenes de todas las edades. Ya fueron suficientemente injustos con él. Reivindiquemos sus novelas antes de cometer una segunda injusticia: olvidarlo a él por completo. E incluso, si fuera posible, sigamos buscando *Il leone del Transvaal*, su novela perdida, aquella que escribió pero que nunca vio la luz y que nadie ha encontrado. A mí, personalmente, me encantaría poder leerla. Un nuevo misterio de la literatura. ¿Qué pasó con aquel manuscrito? Antonio Donath, su editor, ese que nunca le pagó lo que debía, no lo publicó nunca. ¿Por qué?

Ah, y recuerden que en sus novelas los malos eran siempre los ingleses. Quizá por eso quieren, en este mundo global-anglizado, que lo olvidemos.

La reencarnación de Shakespeare

Europa, 1915

El viejo continente estaba en medio de una guerra que todos habían pensado que iba a ser breve, pero que parecía haberse estancado en los campos de trincheras del norte de Francia. El editor John Lane se sentó frente a su escritorio y abrió los sobres que habían llegado aquella mañana. Era increíble la cantidad de personas que se creían grandes poetas cuando sus textos eran incomprensibles o torpes, si no las dos cosas al tiempo. Uno de los sobres venía del extranjero y eso llamó su atención.

John Lane era un editor serio que no creía ni en médiums ni en el ocultismo ni mucho menos en el más allá. Por no creer, en ocasiones tampoco creía demasiado en el más acá: la guerra en la que estaba sumida toda Europa y a la que con tanta felicidad se habían incorporado no presagiaba nada bueno, sino más sufrimiento absurdo. Suspiró. Concentrándose en su trabajo más cercano, Lane abrió aquel sobre con la curiosidad de quien intuye algo exótico.

El paquete postal, pues quizá sería mejor definirlo así, contenía varios poemas breves y una carta de presentación escrita en perfecto inglés, incluso más que perfecto: era como si fuera de otro tiempo. En cuanto Lane empezó a leer alguno de los sonetos que venían con la carta, comprendió lo que pasaba: quien había escrito aquellos textos era un ferviente apasionado del período isabelino, de la época de Shakespeare, hasta el punto de que aquellos sonetos... —y los volvía a leer una y otra vez con un ceño cada vez más profundo en su frente—, sí, aquellos sonetos parecían una continuación perfecta de los sonetos que antaño había escrito el mismísimo Shakespeare. ¿Quién los firmaba? Rebuscó la carta entre los papeles...: un tal Alexander Search. Un nombre sugerente.

No estamos seguros. Quizá Lane hasta se emocionó con aquellos poemas pero, cuando indagó sobre el autor y descubrió que en realidad se trataba de un portugués que había residido de niño, con su familia, en Durban, y luego en Ciudad del Cabo (donde cursó sus estudios universitarios), en Sudáfrica, y que allí había aprendido la lengua de Shakespeare, el editor se desinfló y retomó la lectura con otros ojos, con esa mirada que de pronto, en un instante, ha dejado de ser ingenua, natural y limpia, y se ha henchido de los prejuicios que todos arrastramos. Y los ingleses arrastran uno muy poderoso con respecto a quien puede o no puede escribir en su idioma (aunque se han tenido que tragar algunos «sapos» gordos, como el polaco Joseph Conrad o el ruso Vladimir Nabokov, que pese a sus orígenes extranjeros se estudian en todas las universidades anglosajonas como parte intrínseca de su propia tradición literaria). Pero volvamos al editor Lane. En un instante, aquel perfecto resplandor shakespeariano quedó reconsiderado en su mente como los ejercicios, eso sí, notables, de un joven extranjero por recrear al gran poeta isabelino. Por supuesto, se negó a publicarlos.

Sin embargo, el poeta rechazado era hombre de iniciativa y energía, así que se autoeditó —eso ya se hacía antes de internet y, como ahora, a veces era el único recurso que le quedaba a un escritor para abrirse camino— y envió varias copias de sus libros de poemas a diferentes críticos y medios británicos. Los sonetos llamaron la atención, pero ante el origen extranjero del autor las críticas fueron demoledoras. Todos coincidían en que aquello no pasaba de meros ejercicios, tal y como había concluido Lane, por muy curioso que pudiera ser el resultado, con esa sorprendente semejanza a la poesía isabelina de hacía ya más de trescientos años. Aquellos poemas de principios del siglo xx eran como un espejo extraño, un reflejo enigmático, pero nada más.

¿Que el autor dominaba la lengua inglesa a la perfección porque pese a haber nacido en la Europa del Sur se había criado en Sudáfrica? No, eso no cambiaba los veredictos unánimes e implacables de la crítica.

Y menos mal que el poeta no había comentado que creía en el ocultismo, en los espíritus, y que hasta había llegado a la conclusión de que podía ejercer de médium, y que en ocasiones se sentía como dominado por otras personalidades hasta el punto de volcar su poesía, sus ensayos, sus relatos en diferentes formas con diferentes estilos y bajo nombres de lo más variado. Sí: él era Alexander Search, pero también se sentía en ocasiones como Ricardo Reis, Alberto Caeiro, Federico Reis, Álvaro de Campos, Claude Pasteur, Vicente Guedes, Charles James Search, Jean Seul de Méluret, Charles Robert Anon, Thomas Crosse... y así hasta más de ochenta seres diferentes que convivían de forma intensa y compleja en su cabeza. También estaba convencido de que podía ver el aura de las personas que lo rodeaban.

—Pero de esto es mejor no hablar. Tiene más desventajas que ventajas —decía a sus amigos, que seguramente lo miraban incrédulos.

Nuestro poeta se sentía escritor, ensayista, traductor francés, escritor inglés, poeta portugués, autor de relatos cortos, astrólogo, psicólogo y hasta filósofo. No: si hubiera contado eso a los británicos, su imagen no hubiera mejorado nada en absoluto. Lo habrían calificado de completo loco. Y ésa es la cuestión: ¿estaba realmente loco alguien capaz de hacer poemas como el mismísimo Shakespeare en pleno siglo xx, con una calidad y una técnica deslumbrantes, por mucho que los anglosajones lo menospreciaran (y sigan, en parte, ahora sólo ya en parte, haciéndolo)? Poco a poco. También les costó a los británicos un par de siglos reconocer el genio del propio Shakespeare.

Si volvemos a nuestro autor del siglo xx, él dijo de los poetas:

He oído a cierta gente preguntar: «¿Qué es un poeta normal?». La respuesta es sencilla: un poeta normal no tiene sentido. El mismo hecho de ser poeta excluye la normalidad. Ningún hombre normal, ningún hombre «ordinario» es un poeta. [...] El genio no puede coexistir con un intelecto común. Es imposible. El genio consiste en una asociación de ideas anormalmente.

¿Se consideraba nuestro poeta un genio? No lo sabemos con certeza. Desde luego se consideraba diferente, escribía en diferentes idiomas y con 82 personalidades distintas que él dio en llamar heterónimos. Un heterónimo es algo más allá del seudónimo. El seudónimo busca ocultar la identidad, por diferentes motivos, para que no se identifique el texto con el autor; pero el heterónimo consiste en crear toda una personalidad distinta para cada autor que surge de una misma mente. Y eso hacía Pessoa todo el tiempo: crear poesía, crear literatura bajo diferentes formas, como si esa literatura proviniera de autores que fueran, en realidad, personas diferentes.

Pessoa triunfó en lengua portuguesa hasta ser reconocido como uno de los más grandes autores lusos de todos los tiempos; hoy día, ya de todos los tiempos y de todas las lenguas. Cuando los ingleses comprendieron que aquellos sonetos en lengua inglesa que emulaban a Shakespeare habían sido escritos por uno de los mejores poetas del siglo xx, los empezaron a mirar con otros ojos, pero aún no han dado su brazo a torcer. No ceden. Eso sí: ahora ya los publican en inglés y se pueden encontrar en todas las universidades británicas, pero aún no se atreven a considerarlo un autor suyo. Con Conrad o Nabokov fue más fácil, porque el mayor peso de la obra de estos autores recaía en la lengua inglesa; pero es que Pessoa, además de su origen portugués, se partía, se desdoblaba en tantas personas literarias diferentes, en especial entre el inglés y el portugués, que aún les cuesta reconocer que un luso, un europeo del sur pudiera escribir como su gran autor eterno, como el mismísimo Shakespeare. No: hasta ahí no pueden llegar. ¿O sí? La crítica anglosajona, como he comentado anteriormente, tardó un par de siglos en llegar al consenso de que Shakespeare era un autor irrepetible, genial, quizá el mejor en su lengua. Con Pessoa sólo llevan un siglo reflexionando. Hay que darles tiempo. Las grandes decisiones requieren años, sobre todo cuando las han de tomar aquellos que no son precisamente genios. Y como hice con Emily Dickinson, aquí va uno de esos poemas, uno de esos sonetos de Pessoa, en su perfecto inglés shakespeariano y en mi torpe reformulación en español, donde, no obstante, se puede apreciar la profundidad de los pensamientos del poeta. Para mantener más próximo el contenido de las palabras del gran genio luso, he desestimado conservar la rima (mi capacidad no llega a tanto):

Whether we write or speak or do but look
We are ever unapparent. What we are
Cannot be transfused into word or book.
Our soul from us is infinitely far.

However much we give our thoughts the will
To be our soul and gesture it abroad,
Our hearts are incommunicable still.
In what we show ourselves we are ignored.

The abyss from soul to soul cannot be bridged
By any skill of thought or trick of seeming.
Unto our very selves we are abridged
When we would utter to our thought our being.

We are our dreams of ourselves, souls by gleams,
And each to each other dreams of others' dreams.

Si escribimos o hablamos o hacemos algo más que mirar
somos siempre sin apariencia. Lo que somos
no puede traducirse en palabras o libros.
Nuestra alma de nosotros está inmensamente lejos.

No importa la voluntad que pongamos en que nuestros pensamientos
sean nuestra alma y la gesticulen hacia el exterior
Nuestros corazones, aun así, son incomunicables.
En lo que nosotros mostramos de nosotros mismos, somos ignorados.

El abismo de alma a alma no puede ser puenteado
por ninguna destreza del pensamiento o truco de apariencia.
Para nosotros mismos somos sino resúmenes
cuando intentamos pronunciar en nuestro pensamiento nuestro ser.

Somos sueños de nosotros mismos, almas en destellos,
Y uno para el otro sueños de sueños de otros.

A mí me encanta poner este soneto en mi clase de *Introducción a la literatura británica* —porque, quieran o no los británicos, Pessoa es parte de su literatura— y ver cómo mis estudiantes no notan diferencia alguna entre ese poema de Pessoa y uno de Shakespeare. Muchos dirán que, por supuesto, mis estudiantes carecen de la capacidad para detectar las diferencias entre los sonetos ingleses de Shakespeare y los de Pessoa. Yo digo, sin embargo, que de lo que carecen mis estudiantes es de prejuicios. Todavía hay esperanza.

El arma secreta

Mientras Pessoa intentaba persuadir a los editores británicos de la calidad de sus poemas en lengua inglesa, en Francia la primera guerra mundial llevaba al país al límite de sus fuerzas. Necesitaban nuevos ingenios bélicos. Necesitaban un arma secreta.

Palacio del Elíseo, París, 1915

El escritor se detuvo frente a la gran puerta. Los soldados lo miraban con desconfianza. En el frente sus compañeros caían como moscas, y allí el presidente de Francia se reunía con escritores extranjeros, en lugar de con generales de otros países, para buscar más aliados contra Prusia. Les parecía indignante, pero no podían hacer nada más que abrir aquellas malditas puertas y dejar pasar a aquel extraño hombre regordete y bigotudo que lo observaba todo con ojos inquietos.

El escritor entró en la sala de audiencias del líder de Francia. Al otro lado de una gran mesa con adornos dorados, el presidente Raymond Poincaré examinaba con aire intranquilo y expresión concentrada varios documentos. En cuanto vio al escritor, dejó los papeles y se levantó, aliviado de tener, por fin, un motivo razonable para dejar de leer todos aquellos informes pésimos sobre el frente de guerra. Poincaré rodeó la mesa y se acercó al autor, tendiéndole la mano para recibirlo en un claro gesto con el que buscaba manifestarle su interés y su agradecimiento por haber acudido a la llamada. Últimamente no eran tantos los que acudían en ayuda de Francia...

—*Merci, merci, monsieur.* Muchas gracias por venir.

La conversación discurrió en francés.

—Pero, señor presidente, ¿acaso pensaba que no vendría? —dijo el escritor.

Raymond Poincaré no respondió: no era momento ni cuestión de hacer más visible aún la debilidad de Francia en aquellos meses. Asió al escritor por un brazo y lo invitó a sentarse en una de las cómodas butacas que había en la sala. El presidente francés hizo lo mismo y se sentó en otra.

—¿Coñac? ¿Un puro? ¿Café? —ofreció Poincaré.

El escritor aceptó el coñac y el puro. Estaba seguro de que querían algo de él —tanto agasajo no podía ser por otro motivo—, pero aún no sabía qué. Él, en su faceta de periodista, había escrito varios artículos claramente a favor de Francia en su cruenta guerra contra Prusia y tal vez por eso lo habían llamado. Le estarían agradecido por ello, pero ¿tanto? No: debía de tratarse de algo de más envergadura.

—Iré directamente al grano —continuó Poincaré—. Usted sabe que la guerra se ha estancado en las trincheras del norte de Francia. Nuestros soldados caen uno tras otro sin que consigamos avances. Esto se lo confieso en la más estricta confidencialidad.

—Por supuesto —replicó con rapidez el escritor y periodista—. Puedo asegurarle que soy persona totalmente discreta cuando se trata de asuntos de Estado.

—Bien. No esperaba menos de usted. El asunto es que la situación militar se ha complicado enormemente. De nuevo insisto en que todo esto se lo revelo confiando en su discreción, como usted mismo dice. —Aquí el presidente calló un momento e inspiró profundamente antes de continuar—. Necesitamos algo nuevo, un arma especial...; un arma secreta.

—¿Un arma secreta?

—Exacto —insistió Poincaré—. Necesitamos a los americanos. Me cuesta admitirlo, pero nos son absolutamente necesarios. Y para tener a sus soldados aquí, en las trincheras del norte, hemos de persuadir a su presidente para que acepte enviar tropas a Europa; y para eso hace falta que la opinión pública francesa, la de toda Europa y la de Estados Unidos entiendan que no hay otro camino. Y sí: para poner en marcha toda esta cadena de alianzas, para eso necesito un arma secreta.

—Entiendo lo de necesitar refuerzos y lo de la opinión pública —admitió el escritor—, pero me pierdo en cuanto a lo del arma secreta. ¿Qué arma?

Poincaré apretó los labios y se reclinó en la butaca.

—Usted —dijo al fin el presidente de Francia.

El escritor español no dijo nada. Echó un trago largo de su copa de coñac.

—Sigo sin entender bien.

—Necesito que vaya al frente y que vea lo que está pasando allí. Ha de verlo usted y contarlo.

—Ya veo. Quiere que escriba para la prensa lo que vea allí, como he estado haciendo hasta ahora...

Pero de pronto, con furia, el presidente Poincaré lo interrumpió.

—¡No, no, no! ¡Si hubiera querido un periodista, hay

otros muchos a los que habría podido recurrir! Francia le agradece sus artículos, pero no es eso lo que necesito. La prensa es importante, pero no basta. Las cosas a veces hay que contarlas de otra forma. Usted, usted más que ningún otro debería entenderlo: lo que necesita Francia es una novela.

—Una novela sobre el frente y las trincheras —precisó el escritor español, tratando de confirmar lo que se esperaba de él.

—Exactamente, querido amigo. Una novela sobre el frente y esas malditas trincheras.

El escritor apuró el resto de su copa de un trago. Dio una profunda calada a su puro y miró fijamente a Poincaré.

—Francia tendrá esa novela —sentenció.

No se habló más.

Vicente Blasco Ibáñez había publicado por entonces muchas de sus más famosas obras, como *Arroz y tartana*, *Cañas y barro*, *Sónnica la cortesana*, *El intruso* o *Sangre y arena*, por mencionar algunas de las más conocidas hasta ese momento. Era un escritor de fama en Francia. Viajó al frente y vio con sus ojos los desastres más brutales y descarnados de aquella guerra horrible. Las trincheras, las alambradas, las ametralladoras, la sangre. Y lo retrató todo a la perfección en una de sus obras más sorprendentes, *Los cuatro jinetes del Apocalipsis*, en la que narraba los desastres que padecía Francia por el ataque prusiano.

El libro impactó.

¿Hasta qué punto influyó la novela de Blasco Ibáñez sobre la primera guerra mundial en la participación de Estados Unidos a favor de Francia? Es difícil decirlo, pero *Los cuatro jinetes del Apocalipsis* se tradujo al inglés con rapidez y se publicó en Estados Unidos con un éxito arrollador de ventas. Quizá se viera favorecida porque la propia presidencia americana quería justificar su participación en la guerra, o quizá fuera tan sólo porque es una obra magníficamente escrita, pero el caso es que la novela de Blasco Ibáñez fue el primer bestseller en Estados Unidos de un autor español. Algo sin precedentes históricos. Cierto es que no se trata de una obra objetiva, sino maniquea, de buenos buenísimos y malos malísimos: la bondad de Francia y sus derechos humanos contra la belicosa, autoritaria y despiadada Prusia. No, no es una novela contra la guerra en sí, sino contra Prusia; pero pese a ello, las imágenes de muerte son tan impactantes que penetran hasta el tuétano. Si quieren saber más de cómo se forjó *Los cuatro jinetes del Apocalipsis*, pueden leer *Tiempo de valientes* de Basilio Trilles, donde se novela de forma magistral aquel insólito episodio de la vida de Blasco Ibáñez.

Otros escritores españoles han conseguido entrar con fuerza en el muy cerrado mercado norteamericano de venta de libros, como Vázquez Figueroa, Ruiz Zafón o, más recientemente, Javier Sierra y María Dueñas, por mencionar algunos. Pero todos ellos tuvieron el ilustre antecesor de don Vicente Blasco Ibáñez, quien en 1919, ya concluida la Gran Guerra, coló sus jinetes apocalípticos en la lista de más vendidos del *New York Times*. Una novela que el periódico *El Mundo* introdujo en su listado de las posibles cien mejores novelas del siglo xx. Para el *Illustrated London News* de 1921, la novela de Blasco Ibáñez era el libro más leído del mundo junto con la Biblia.

Hubo un tiempo en el que un presidente de Francia encargaba a un escritor español una novela para ganar una guerra.

Un emperador y un poeta

Trincheras de la primera guerra mundial, Francia, 1916

A los veintiún años estaba muerto. Las heridas en los pulmones eran definitivas. Sí, lo dieron por muerto. Emitieron el informe. Y lo enviaron. Como tantos otros informes parecidos tras la batalla del Somme. En veinticuatro horas, más de cincuenta y siete mil británicos cayeron en el frente. Unos diecinueve mil estaban muertos. Nunca en la historia del ejército británico había ocurrido algo parecido.

El *Times* de Londres recogió su muerte, una más de aquella tragedia de magnitudes desconocidas, y publicó su nombre entre los caídos en el frente continental. La Gran Guerra se cobraba otra víctima. Sólo eran unas letras de tinta negra sobre un papel de periódico. Y una carta anunciando su muerte llegó a su casa. Sus padres la leyeron con lágrimas en los ojos.

Fuera llovía, como tantos otros días, pero aquélla era una lluvia amarga y desoladora.

Sin embargo, él regresó. Pese a los informes de los médicos, pese a las cartas de los oficiales y pese a las noticias en el *Times*, él decidió, contra todo pronóstico, recuperarse y regresar vivo a casa. Nunca fue convencional.

Él fue siempre, también, un hombre metódico y, seguramente indignado por aquella cadena de errores que tanto sufrimiento innecesario habían causado en su familia, fue a la redacción del *Times*. El diálogo debió de ser surrealista, digno del mejor Buñuel.

—Ustedes han publicado que he muerto —diría.

—¿Y? —preguntarían.

—Estoy vivo —respondería él. Y como el redactor seguiría sin comprender, se explicaría de manera más precisa—. Como es indudable por mi presencia aquí, esa noticia, la de mi muerte en el frente, fue un error, y exijo una rectificación.

—¿Perdón? ¿Quiere que publiquemos en el periódico que no está muerto, que nos equivocamos al ponerlo en la lista de caídos en el frente? ¿Es eso?

Él era un hombre persistente.

—Sí.

El redactor carraspeó.

—Publicar una rectificación tiene un coste.

Así fue. Le pidieron dinero por rectificar, por desdecirse de haber publicado que estaba muerto cuando no era cierto. Sin comentarios. Otro lo habría dejado ahí o, por el contrario, habría perdido la compostura y clamado a gritos contra el periódico, pero nuestro escritor hizo gala de la mejor flema inglesa y pagó. Hasta se guardó el recibo.

La vida siguió su curso. La guerra terminó, dejando toda Europa repleta de cadáveres y sin haber resuelto nada sobre las pretensiones de unos u otros. Aquello había sido sólo el primer macabro asalto de una pelea descarnada y brutal a dos *rounds*. El segundo sería aún más terrible, pero nadie pensaba entonces en ello.

Él, entretanto, se hizo poeta y traductor de textos clásicos, latinos y griegos. Dominaba estas lenguas y era un consumado experto en el mundo antiguo, pero terminó por sentirse incómodo con su vida en Inglaterra y buscó un refugio, un paraíso, un lugar tranquilo donde escribir alejado de la eterna lluvia gris del norte. Lo encontró en Mallorca.

Compró unos terrenos y edificó una hermosa casa, pero se quedó sin dinero y la poesía o la traducción no bastaban para mantener su pequeño refugio. Él siempre se consideró un poeta, pero la necesidad apremiaba y aceptó, quizá suspirando, escribir algo diferente: una novela. Se suponía que con una novela sí era posible ganar el dinero que necesitaba para salir de la asfixiante situación económica en la que se encontraba. No era la idea que más lo emocionara, pero, eso sí, una vez se puso manos a la obra fue concienzudo en el proceso de documentación, pues iba a hacer una novela de esas que se apellidan históricas. Sólo hay que ver hoy día su antiguo despacho, plagado aún de todos los libros imaginables e inimaginables sobre el mundo antiguo. Aunque él no quisiera reconocerlo, era, además de poeta, un magnífico narrador de historias. Simplemente, tenía ese don.

El libro se publicó y vendió miles, centenares de miles y, finalmente, millones de ejemplares. Con todo el dinero recaudado por los derechos de autor de aquel relato, salvó la casa. Todo marchaba bien, pero entonces llegó una nueva guerra: era el preludio al segundo macabro *round* que quedaba por lucharse y que la historia dio en llamar la guerra civil española.

Nuestro poeta y ahora popular escritor de novela histórica tuvo que abandonar su refugio. ¿Por qué, si él no había tomado partido de forma definida? Lo detuvieron por tener una imprenta. ¡Ah, ese peligroso invento de Gutenberg! El cónsul británico tuvo que intervenir y consiguió sacarlo de Mallorca. Tardaría, para su pesar, años en volver, pero cuando lo hizo todo estaba tal y como lo había dejado.

Los que lo apreciaban en la pequeña población de Deià, en Mallorca, habían cuidado de su casa con cariño, quizá en agradecimiento a que el escritor financió el primer motor que dio algo de luz eléctrica a la población, o quizá porque simplemente sentían que se había integrado tanto que era uno de los suyos.

Vinieron entonces más novelas y más poemas, pero aquel libro que escribió para salvar su vivienda se convirtió en un bestseller internacional. Hasta se estaba rodando una película con Charles Laughton como protagonista. Al final, no obstante, el largometraje se truncó al accidentarse una de las actrices principales. Quedan escenas memorables grabadas donde Laughton, como siempre, deslumbra.

Pero la vida seguía. La buena y, por supuesto, la mala: faltaba el segundo *round* mortal en Europa y el mundo entero, y los zarpazos de aquella nueva conflagración, la segunda guerra mundial, iban a llegar hasta las cálidas aguas que bañaban las playas y calas de Mallorca.

En la isla, durante el brutal desarrollo de la segunda guerra mundial, se recibió una nueva carta que anunciaba una nueva muerte: uno de sus hijos, de veintiún años, había caído en Birmania. Nuestro escritor albergó la esperanza de que fuera otro error, como le había ocurrido a él en el pasado. Ya se habían equivocado antes; ¿por qué no podría tratarse de una nueva equivocación? Pero la vida es inmisericorde a veces, y esta vez la noticia, la maldita carta, era cierta.

Su fama, mientras tanto, crecía: la novela histórica tuvo un antes y un después de su popular libro. A Ca n'Alluny, que así se llamaba la casa que se construyó, venía gente de todo el mundo: Camilo José Cela, Jorge Luis Borges, Ava Gardner... Todos querían conocerlo.

Entre cartas, libros y poemas se hizo mayor, siempre

allí, junto al Mediterráneo. Y un día empezó a no recordar cosas. Y un día olvidaba recuerdos. Y una noche no recordaba nada. El alzhéimer se cebó en él. Y, de nuevo, el dinero hacía falta. Los cuidados que precisa una persona mayor que lo ha olvidado todo son muy costosos. ¡Qué lástima que al final nunca terminaran aquella película sobre el libro que lo hizo célebre! Los réditos que, sin duda, habría dado esa producción cinematográfica podrían rescatarlo ahora de una creciente penuria económica justo en el momento en que más lo necesitaba. Pero a veces la vida tiene piedad: la BBC decidió rodar una serie de televisión basada en aquella novela y en su segunda parte, que había escrito al poco tiempo.

La serie de la BBC tuvo un éxito arrollador en el Reino Unido y en todo el mundo. Supuso un antes y un después, como sus novelas, pero ahora en la realización de series de televisión. Aún recuerdo haber implorado para quedarme a verla por la noche, en casa, cuando yo sólo era un adolescente y el contenido de algunas escenas se suponía no apto para muchachos de mi edad. En España también marcó época aquella serie que se convirtió en mítica. Y sus beneficios fueron tan descomunales que permitieron pagar los costes de los lentos años de enfermedad y olvido de Robert Graves en Mallorca.

La casa de Graves puede visitarse hoy día en las afueras de Deià, gracias a que su hijo William y su esposa Elena la mantienen abierta como museo (a falta de financiación por parte de unas instituciones públicas que siempre hablan de desestacionalizar el turismo de sol y playa con actividades culturales y luego, cuando tienen una ya preparada, ni siquiera ayudan a financiarla): son muchos los turistas británicos y de otras nacionalidades que sienten enorme curiosidad por visitar la casa de Robert Graves.

Si uno entra, puede visitar el jardín y las habitaciones de la casa y aprender mucho más sobre este británico que quiso refugiarse en una isla y que siempre renegó de todo reconocimiento que no viniera directamente de la reina de Inglaterra y dijo que no a todo lo demás. En el museo —toda la residencia lo es— se puede ver hasta el recibo que le cobró el *Times* por publicar la rectificación de que no había muerto. Incluso es posible visitar su despacho, luminoso, repleto de los libros sobre Grecia y Roma, y ver el escritorio, su particular *scriptorium*, donde concibió y redactó *Yo, Claudio* y *Claudio el dios*, las novelas que salvaron primero su casa y que luego le proporcionaron los ingresos para cuidarlo en su dura enfermedad final. El emperador Claudio salvó así dos veces a su poeta del siglo xx.

William y Elena, infinitamente generosos, retiraron las cuerdas que impiden el acceso al escritorio y me permitieron sentarme allí unos minutos, en la mismísima mesa donde Graves escribió *Yo, Claudio*. ¿Se imaginan cómo me sentí?

—Coge su pluma si quieres —me invitó Elena.

No me atreví a tanto.

El asesinato de Agatha Christie

Reino Unido, 3 de diciembre de 1926

Agatha Christie se detuvo frente al dormitorio de su hija Rosalind. Dudó unos instantes, pero al final decidió entrar despacio. Se inclinó y le dio un beso a la pequeña, con cuidado de no despertarla. Luego cerró la puerta lentamente, bajó la escalera, cogió las llaves del coche y salió de la casa. Necesitaba unos días para ella. Lo mejor era estar sola unas jornadas y poder pensar con sosiego. Necesitaba tranquilidad. Encendió el motor de su Morris Cowley y emprendió la marcha hacia Yorkshire.

4 de diciembre de 1926

El inspector de policía recibió el informe con sorpresa y esa extraña sensación de que algo en aquel caso no encajaba.

—¿Dónde ha aparecido el vehículo?

—Al final de una colina, en Newlands Corner —respondió el asistente.

—¿Y están seguros de que se trata del coche de mistress Christie, de Agatha Christie, la escritora? —insistió el inspector jefe—. ¿Cómo diablos están tan seguros?

—No hay duda, señor, ni error posible. Había documentación en el vehículo que lo identificaba perfectamente.

El inspector suspiró. La prensa se les iba a echar encima. Aquella mujer tenía una gran fama como escritora de novelas de crímenes; y ahora, misteriosamente, desaparecía, como un personaje de uno de sus populares relatos, y lo único que quedaba de ella era su coche al final de una cuneta de una carretera secundaria de Inglaterra. Pero la mente del inspector jefe se puso a trabajar a toda prisa. Aquel caso debía ser resuelto, y debía ser resuelto con rapidez.

—¿Y el marido? ¿Sabemos ya algo de él?

—Sí, inspector. Lo hemos localizado en Godalming.

—¿Y qué ha dicho cuando se lo ha informado de la desaparición de su mujer?

—Ha dicho que no sabía nada, inspector.

—Siempre dicen lo mismo. Así empiezan todos; luego se derrumban y éste también lo hará, pero el caso es demasiado importante. Que lo traigan aquí. Quiero interrogarlo personalmente —comentó el jefe de policía a toda velocidad, como una ametralladora.

En sus manos aún tenía el informe enviado desde la pequeña localidad de Surry. Según la policía local, mistress Christie había tenido la noche anterior una fuerte discusión con su esposo y había decidido irse a Yorkshire para descansar unos días, mientras él, por su parte, viajaba a Godalming. Pero lo más interesante de aquel exhaustivo informe era que la escritora había dejado dos notas: una para su secretaria, donde indicaba el lugar al que iba en Yorkshire, y otra para el jefe de la policía local, donde decía que temía que algo le pasara. Y de pronto estaba desaparecida, y su coche abandonado en una cuneta.

5 de diciembre de 1926

El misterio continuaba, sólo que, pese a los intentos del inspector jefe por controlar la información del caso, toda la prensa británica se hacía eco de la desaparición de Agatha Christie. Con seis novelas de éxito ya publicadas, aquella historia atraía la curiosidad morbosa de millones de lectores. El *Daily Mirror* titulaba: «The Mystery of Woman Novelist's Dissappearance» (El misterio de la desaparición de la mujer novelista).

El inspector jefe recibió a mister Archibald Christie, el marido de la mujer desaparecida, en su despacho. Sobre la mesa los periódicos del día parecían reírse del inspector jefe, pero el oficial intentaba mantener el control de la situación. Tenía claro por dónde tenía que transcurrir el interrogatorio. Aquel marido, como otros cónyuges antes, se desmoronaría en sus narices, y pronto los titulares de la prensa serían: «Resuelto el caso del asesinato de Agatha Christie». Quizá hasta incluyeran alguna fotografía de él mismo, del inspector jefe, en la portada.

—Siéntese, por favor —dijo el inspector con serenidad, con calma. No había que prevenir al sospechoso.

El coronel del ejército británico mister Archibald Christie tomó asiento.

—Me dicen que usted no sabe nada sobre el paradero de su esposa —comentó el inspector jefe yendo directamente al grano. Una cosa era no advertir al interrogado de las sospechas, y otra andarse por las ramas. Los periódicos de la mesa apremiaban a resolver aquel desagradable asunto lo antes posible.

Por su parte, como buen militar que era, Archibald Christie agradeció que no se anduvieran con rodeos.

—Así es. No sé nada en absoluto.

—Pero discutieron airadamente hace poco.

—Sí. Mi mujer y yo íbamos a divorciarnos —confirmó Archibald.

—Ah, un divorcio. Y su esposa, mistress Christie, no estaba de acuerdo con esa idea —añadió el inspector jefe.

—No le gustaba la idea, no. Por eso habíamos decidido tomarnos unos días para reflexionar cada uno por separado. Yo esperaba que con el tiempo ella aceptaría la situación —se explicó el coronel.

—Porque para usted ya no había marcha atrás, ¿no es así? —preguntó el inspector.

Archibald Christie tardó un instante en responder, pero lo hizo con sinceridad.

—No, no hay marcha atrás. Estoy enamorado de otra mujer, miss Neele, y mi intención es contraer matrimonio con ella en un futuro próximo.

—Entiendo. —Y hubo un nuevo silencio—. La desaparición de su actual esposa, que como es obvio no quería facilitarle sus planes, le resulta muy conveniente.

El coronel Christie contó hasta diez antes de responder.

—¿Me está acusando de tener algo que ver con la desaparición de mi mujer? ¿Me está acusando del asesinato de mi esposa? ¿No cree que sería un poco ingenuo por mi parte, en las actuales circunstancias de mi vida privada, atentar contra la vida de mi mujer? Además de que puede que no haya sido un marido fiel, pero desde luego no soy un asesino. Y aunque pueda estar en desacuerdo con mi esposa en muchas cosas, nunca he deseado ni su muerte ni que le ocurra nada malo. ¡Por Dios, es la madre de mi hija!

—Sí, claro, pero usted ya ha matado antes; en la guerra, por supuesto, pero matar es algo que ya ha hecho, y tiene el mejor de los motivos para volver a hacerlo ahora. Necesita su libertad para reemprender una nueva vida con otra mujer. Y no tenemos el cuerpo de su esposa. Basta con que no lo encontremos para que nos resulte difícil acusarlo de asesinato, pero ¿sabe una cosa? —Y aquí el inspector jefe de policía se inclinó hacia delante, por encima del escritorio—. Pienso encontrar el cuerpo de mistress Christie. No lo dude ni por un segundo.

El coronel Archibald Christie tragó saliva mientras empezaba a sudar por la frente. Todo aquello estaba escapándosele de las manos, y aquel inspector parecía un perro de presa que hubiera mordido y no estuviera dispuesto a soltar su vícitma por nada del mundo. Y él era la presa cazada.

Del 5 al 14 de diciembre de 1926

Se emplearon miles de policías que batieron toda la región en torno al lugar donde se había encontrado el coche de Agatha Christie. Se utilizaron, por primera vez en la historia del Reino Unido, aviones para buscar el cuerpo de la escritora flotando quizá en alguno de los numerosos pantanos de la zona, y hasta se drenaron algunos de ellos en busca del cadáver, pero todo esfuerzo resultó infructuoso.

La prensa seguía día a día la búsqueda con un gran despliegue de medios y un enorme número de páginas en sus ediciones diarias. Hasta el mismísimo sir Arthur Conan Doyle, el afamado creador de Sherlock Holmes, se implicó personalmente en la búsqueda de aquella escritora que él mismo había aprendido a apreciar por su ingenio. Asiduo al ocultismo y otras prácticas poco convencionales, Conan Doyle recurrió a una médium para intentar localizar el cuerpo de Agatha Christie: le presentó un guante de la escritora, pero tampoco se consiguió nada concluyente. Eso sí: sus fotos estaban en todas las portadas de los periódicos, y al fin una llamada dio con la pista correcta: en un hotel de Harrogate se alojaba una mujer que coincidía perfectamente con la descripción y la imagen que varios trabajadores del local habían visto de mistress Christie en la prensa. Curiosamente, la mujer se había registrado en el hotel, varios días atrás, con el nombre de Neele, el mismo apellido de la amante de su esposo. Era su toque personal a la historia.

Agatha Christie, interrogada por la policía, declaró una y otra vez que no recordaba nada de los últimos once días. Apenas tenía memoria de haber cogido su coche, ni sabía qué había pasado con él. Los médicos que la examinaron concluyeron que sufría amnesia, temporal o parcial, eso sólo lo diría el tiempo, debido a una profunda crisis nerviosa por la solicitud de divorcio de su marido, así como por haber descubierto la infidelidad de éste. Pero la prensa era de otro parecer y muchos periódicos insistieron en que todo había sido un montaje de la escritora para conseguir publicidad para sus futuras novelas, o quizá una maniobra suya para que su marido lo pasara mal, francamente mal, al menos, durante aquellos once días en los que se tardó en localizar viva a Agatha Christie y él fue interrogado por el inspector jefe de la policía de Scotland Yard bajo la sospecha de asesinato.

¿Cuál es la verdad de lo que ocurrió? ¿Por qué desapareció Agatha Christie de forma tan misteriosa? ¿Realmente padeció amnesia por un ataque de nervios o era todo un plan premeditado para hacer daño a su marido infiel? Seguimos sin saberlo. Ella mantuvo hasta su muerte que no recordaba lo que había sucedido. Nadie consiguió nunca que asomara la más mínima contradicción en su relato.

Agatha Christie se divorció finalmente de Archibald Christie, pero volvería luego a contraer matrimonio con Max Mallowan, afamado arqueólogo con quien compartiría el resto de su vida. Si su nuevo marido se mantuvo fiel o no es algo que no sabemos, pero desde luego ya sabía cómo se las gastaba la maestra de las novelas de asesinatos; y Agatha Christie, para cuando contrajo su segundo matrimonio, ya había aprendido mucho más sobre venenos y otros métodos para asesinar. Quizá la escritora no se conformaría, tras una segunda decepción, con desaparecer ella, sino, más bien, con hacer desaparecer a otro. O quizá —y no tenemos elementos para pensar en lo contrario— este matrimonio fue mucho más armonioso. Muchas de las nuevas novelas de Agatha Christie se ambientarían en los exóticos escenarios de diferentes enclaves arqueológicos de Oriente: todo un homenaje a su nuevo marido.

Un poeta socialista
cara al sol y con la camisa nueva

Madrid, diciembre de 1935

Los habían citado en el bar vasco Or-konpon de la calle Miguel Moya de Madrid. La Falange necesitaba un himno con el que insuflar ánimos y energías y José Antonio llamó a varios poetas afines para que compusieran la letra. La idea era tenerlos encerrados allí tanto tiempo como hiciera falta hasta que consiguieran el objetivo deseado. Allí acudió también nuestro poeta.

Fueron horas intensas. Lo titularon *Cara al sol*. Nuestro protagonista apenas compuso dos versos de aquel canto, pero suyos son y son versos clave del himno. Luego pasó lo que pasó: la guerra civil cabalgó desatada y cruel por España como uno de los jinetes del Apocalipsis descritos por Blasco Ibáñez, destruyéndolo todo bajo los cascos de su siniestro corcel del terror. La Falange, ciertamente, quedó del lado de aquellos que vencieron, y nuestro poeta podría haber pasado a disfrutar de la comodidad que otorga la victoria: eso, sin duda, es lo que habría hecho la mayoría, pero él no era hombre acomodaticio. A su entender, en aquel momento quedaban aún lugares que necesitaban de la energía de la fuerza, pues las palabras no eran suficientes para contener al que veían como claro enemigo: el régimen de Stalin. No lo dudó: en lugar de quedarse en España, se alistó en la

División Azul. Partió para las gélidas tierras soviéticas y allí bregó contra los tanques y los soldados del Ejército Rojo en una fortaleza que le ganó el respeto incluso de los alemanes, no muy proclives a reconocer valentía ni constancia en alguien fuera de sus propias fuerzas armadas.

Terminó la segunda guerra mundial y llegó el regreso a España. Ahora es cuando ya, definitivamente, nuestro poeta podría haberse tomado un descanso, pero tampoco fue así. De hecho, su regreso al país fue el principio de sus problemas: no estaba de acuerdo con la revancha que los vencedores de la guerra civil se estaban tomando hacia los vencidos y empezó a denunciarlo. Por supuesto, nadie de la organización ni de las organizaciones afines al poder establecido le hizo el más mínimo caso. Él fue congruente con sus ideas y abandonó la Falange. Podría haberlo dejado en ese punto, pero no era capaz de engullir las injusticias en silencio, vinieran de donde vinieran, así que no se detuvo ahí: no le pareció suficiente abandonar la Falange surgida de la guerra. Continuó criticando abiertamente al régimen de Franco. Lógicamente, estas críticas empezaron a resultar... incómodas. En un primer momento, se lo conminó a abandonar Madrid durante unos años, en los que residió en diferentes ciudades españolas. Podría haber comprendido el mensaje y haberlo dejado ya. A fin de cuentas, ¿qué puede cambiar la opinión de un poeta? Pero la sangre le seguía hirviendo por dentro y siguió criticando a un régimen que veía completamente distanciado de los valores originales de aquella Falange por la que había compuesto versos y luchado en las trincheras de medio mundo. Los poderosos se lo tomaron casi a broma al principio y no le dieron demasiada importancia. Lo malo (o lo bueno) de un poeta es que sabe usar las palabras como dagas muy afiladas y encuentra el puñal perfecto en cada frase; al final, sus artículos en la prensa española de la época eran demasiado mordaces y, maldita sea, demasiado bien escritos. Sus palabras empezaban a remover conciencias, a generar dudas.

—Con los otros fue más fácil —dijo el inspector jefe de la policía.

—¿Con qué otros? —preguntó uno de sus subordinados.

El inspector jefe lo miró con desdén. Se le olvidaba que estaba rodeado de incultos.

—Los otros poetas, hombre —aclaró el superior—. Con ese Antonio Machado o ese maricón de Lorca o ese rojo de Miguel Hernández. Antonio Machado tuvo la decencia de irse y morir fuera. A Lorca lo despachamos con rapidez y a Hernández lo encerramos enseguida, pero este maldito Dionisio es un grano en el culo y de los gordos.

—¿Y por qué no lo despachamos y ya está, como hicieron con Lorca? —preguntó el oficial subordinado con cara de sádico. Les tenía ganas a los poetas en general.

El inspector jefe lo miró de arriba abajo, en busca de algo positivo, y no lo encontró. Carraspeó y, por fin, le aclaró un poco las ideas:

—Este maldito no es como los otros, hombre: no es rojo, o no lo ha sido en la guerra. Este maldito ha luchado en la guerra civil con los nuestros y hasta fue a Rusia con la División Azul, y ha matado más rojos que tú y que yo juntos en la nieve de Rusia. Eso es lo que lo ha mantenido alejado de la cárcel, pero esta vez se ha propasado. Pero que sepas que no estamos hablando de un imbécil sin arrestos.

En ese momento se abrieron las puertas e introdujeron al poeta en cuestión en la sala de interrogatorios. Lo sentaron frente al jefe de la policía.

—¿Un cigarrillo? —preguntó el inspector en tono conciliador. En el fondo, albergaba la esperanza de hacerlo entrar en razón. Alguien que había luchado en la División Azul merecía para él, cuando menos, el beneficio de la duda.

—En otro momento, gracias —respondió el poeta.

El policía se guardó la cajetilla de tabaco y lo miró fijamente a los ojos.

—Sé que tienes cojones porque alguien que ha luchado en Rusia es que los tiene bien puestos, pero esta vez te has excedido. Tengo órdenes de llevarte a prisión a no ser que te retractes de todo lo que llevas diciendo estos últimos años. Tu colaboración con esos rojos de... ¿cómo se llaman...? —Y el inspector tuvo que dejar de hablar para revisar los papeles de su mesa.

—Acción Democrática —dijo el poeta, que permanecía sentado y esposado frente al jefe de policía.

—Bien, sí, esos imbéciles tocapelotas. Ahí has cavado tu tumba. Me han dicho que te dé una última oportunidad. Pero es la última. Has agotado la paciencia de todo el mundo. Tú decides.

Hubo un silencio largo. El poeta se limitó a mantener con sosiego la mirada del inspector. Éste se sentía incómodo: le molestaba tener que encarcelar a alguien de agallas, pero no había margen.

—Me lavo las manos como Pilatos —dijo el policía.

—Sí, hay mucho Pilatos suelto —respondió el poeta con tono desafiante, y el oficial subordinado fue a pegarle un puñetazo, pero el jefe de policía se levantó y le cogió la mano. Luego volvió a sentarse.

—Es una lástima ver tanto valor desperdiciado. Ingresarás en prisión ahora mismo.

El escritor fue encarcelado en 1956.

Salió a los pocos meses.

El poeta volvió a insistir en sus críticas al gobierno de Franco.

Fue encarcelado de nuevo en 1957. Nuevamente liberado, reincidió en sus críticas al poder establecido y sufrió luego dos procesos judiciales más y volvió en sendas ocasiones a prisión.

La situación se hizo insostenible.

En 1962 salió de España para no volver más. Participó en la reunión de Múnich donde diferentes organizaciones antifranquistas celebraron un encuentro que aquí se bautizó con el sobrenombre peyorativo de «contubernio de Múnich». Y de allí hacia delante siguió haciendo todo lo posible para derribar el régimen franquista, hasta fundar en 1974 el partido Unión Social Demócrata Española (USDE). Durante años vivió de sus clases en diferentes universidades norteamericanas, en las que sus conocimientos literarios eran muy apreciados. Y, vueltas que da la vida, terminaría participando en el congreso socialista de Suresnes. De ese modo, el poeta que había contribuido con un par de versos al *Cara al sol* compartió mesa con Felipe González y Alfonso Guerra en aquel histórico encuentro socialista. Pero murió en 1975, antes de ver consumada la transición que acercaría España al lugar que nuestro poeta pensó siempre que le correspondía: un país con servicios sociales modernos, educación y universidades libres y democracia.

Todos hemos visto gente que evoluciona en su vida y que de un extremo izquierdista pasan a un extremo conservador o viceversa. A partir de esa reflexión, muchos son los que piensan que Dionisio Ridruejo fue uno más de esos que cambian mucho en su ideario político con el transcurso de los años, y que se movió de un extremo a otro del arco político. Pero los que piensan así seguramente se olvidan de leer sus poemas, y de cuáles fueron los dos versos que él añadió al *Cara al sol*, un himno de claro tinte guerrero y militar en donde Dionisio Ridruejo insertó estas líneas:

> *Volverán banderas victoriosas*
> *al paso alegre de la paz*

Fue el único que se acordó de la paz en aquel himno. Yo no creo que Dionisio Ridruejo fuera de los que cambian de opinión según sopla el viento. Yo creo más bien que los que cambiaron de opinión fueron todos los que lo rodeaban. Ridruejo estuvo siempre en el mismo sitio. Y hace falta mucho valor para mantenerse siempre en el mismo sitio, en la guerra o en la paz. Además, era un gran poeta que con toda seguridad debió de sentirse muy solo defendiendo unas ideas que todos olvidaban; por eso, muy probablemente, escribió:

> *¿De qué me sirven los ojos?*
> *¿De qué el aroma sin rastro?*
> *¿De qué la voz sin el nombre*
> *que se despoja del labio?*
> *El tiempo de mi esperanza*
> *es como tiempo pasado.*
> *Ya solo en mi corazón*
> *desiertamente he quedado.*

Me pregunto a veces en qué lugar del arco parlamentario se situaría Dionisio Ridruejo hoy día. Me pregunto si, conociéndolo, ¿no haría una enmienda a la totalidad y propondría otro sistema parlamentario, democrático sin duda, pero un sistema parlamentario diferente? ¿Hasta dónde llegarían sus propuestas? No lo sé, pero seguro que serían muy reveladoras y no sujetas a intereses personales.

Un premio Nobel de Literatura
de Cuenca

¿De Cuenca? Sí, de Cuenca. Bueno, hay que hacer algo de trampa, pero menos de la que se imaginan.

Pero antes de llegar a nuestro protagonista, quizá sea útil revisar todos los escritores españoles que han obtenido este premio de la Academia sueca. Empecemos por el principio: ¿cuántos premios Nobel de Literatura tiene España? Seis. Y de esos seis, ¿quién es de Cuenca? Veamos uno a uno: José de Echegaray es el que abre la lista en 1904, pero nació en Madrid; no nos vale. Continuemos el repaso: lo sigue Jacinto Benavente en 1922, también de Madrid. Hemos de ver más nombres: en 1956, Juan Ramón Jiménez recibe el preciado galardón, pero es natural de Moguer, Huelva. Esto nos obliga a continuar, pero ya van quedando menos posibilidades. Nos acercamos, o eso parece. En 1977, otro andaluz de mérito consigue el prestigioso reconocimiento de la Academia sueca: Vicente Aleixandre. Con esto seguimos sin encontrar a nuestro conquense de pro. Avancemos: en 1989, el siempre rotundo Camilo José Cela obtiene el Premio Nobel, pero todo el mundo sabe que don Camilo era gallego, natural de Padrón. Nos queda el último cartucho de la recámara: Mario Vargas Llosa, natural de Arequipa, Perú, al que nacionalizamos hace años y que por eso está en la lista. Es decir, que ninguno es de Cuenca. Sin embargo, yo insisto: tenemos un premio Nobel de Literatura de Cuenca, sólo que para llegar a Cuenca vamos a tener que dar un pequeño gran rodeo. Hemos de viajar hasta la Europa del Este.

Ruse, Bulgaria, a principios del siglo XX

El niño de seis años escucha hablar a sus padres. Está confuso, extrañado, porque sus progenitores no usan la lengua con la que habitualmente se dirigen a él y el idioma que están empleando tampoco es el búlgaro que hablan en las calles de la ciudad en la que viven. Él conoce bien su lengua materna y el búlgaro, aunque este último terminará olvidándolo en gran medida. Pero el caso es que sus padres están usando ahora un idioma distinto.

—¿De qué habláis, mamá? —pregunta él, pero su madre lo mira enfadada por la interrupción.

—¡Chsss! —le dice por toda respuesta, y el niño calla.

Él se ha dado cuenta de que desde hace tiempo sus padres hablan esa lengua extraña y diferente que usan cuando no quieren que ni él ni sus hermanos se enteren de lo que dicen. Se jura a sí mismo que un día aprenderá esa lengua.

A los pocos años, su vida da un vuelco: sus padres emigran a Inglaterra. Él aún no lo sabe, pero en su familia la emigración se lleva en las venas. Es una vieja historia, pero él todavía sabe tan poco...

En Inglaterra aprende inglés con rapidez. Los idiomas se le dan bien, pero entonces su padre fallece y su madre decide viajar de nuevo, primero a Suiza y luego a Austria. Será en esta época cuando su madre considere, al fin, que él debe aprender esa lengua secreta: el alemán. Y Elias, que así se llama nuestro escritor, se dedica en cuerpo y alma a la tarea.

Estudiará química, pero su pasión real serán siempre los libros y... escribir.

En 1935 publicará su única novela (tiene mérito conseguir el Premio Nobel de Literatura con una sola novela, aunque escribió otros textos de marcado estilo literario).

En 1938, Austria es anexionada por el Tercer Reich de Hitler.

Su mundo se tambalea y Elias ha de reemprender la marcha, igual que sus ancestros más remotos. La historia, eternamente, se repite.

Regresa a Inglaterra.

No publicará más novelas, pero en 1960 aparece su libro más famoso, un ensayo llamado *Masa y poder*, un estudio sobre las masas que sacude los cimientos de la sociología: la masa siempre tiende a crecer, nos dice el escritor; y además, la masa, para su propia subsistencia, precisa de un objetivo común a todos los integrantes de la masa misma: este objetivo es la dirección hacia la que la masa se moverá. Reflexiones interesantes para los tiempos que corren. Algo así debieron de pensar en Suecia cuando en 1981 le concedieron el Premio Nobel de Literatura por su novela de 1935, *Auto de fe*, por su autobiografía novelada y por sus reveladores ensayos sobre la naturaleza del ser humano.

¿Y lo de Cuenca?

No me olvido. El escritor Elias Canetti, nacido en Bulgaria, nacionalizado británico por necesidades de la historia y autor en lengua alemana, desciende directamente de judíos españoles expulsados de Cañete (provincia de Cuenca) en 1492. Sus antepasados realizaron, como tantos otros judíos de origen español, un largo peregrinaje, e italianizaron el gentilicio a su paso por Venecia: de ahí el *Canetti* actual. La lengua nativa del escritor siempre fue la que le hablaron sus padres en Bulgaria, y no me refiero al búlgaro, sino al español sefardí. Canetti hablaba sefardí, inglés, alemán y algo de francés. Decidió, al fin, escribir y publicar en alemán, pero nunca renegó de sus raíces hispanas. Aunque por aquí lo tengamos muy olvidado, bien harían los que nos gobiernan hoy día en leer de nuevo, o por primera vez, *Masa y poder*: quizá así entenderían mejor lo que se les puede venir encima, o... no, me corrijo: igual es mejor para todos que sigan sin leerlo.

Canetti nunca menospreció su relación con España. Así de próximo a nuestra tradición literaria y con este cariño se expresaba al hablar de su pasado ancestral:

—A veces me siento como un autor español que escribe en alemán. Si leo alguna obra del español antiguo, digamos *La Celestina* o *Los sueños* de Quevedo, tengo la impresión de estar expresándome a través de ella.

Y acerca de nuestro inmejorable *Don Quijote*, Elias Canetti se mostraba siempre muy contundente:

—Para mí *Don Quijote* no es solamente la primera novela, sino que continúa siendo la más grande. En ella no echo de menos nada, ningún conocimiento moderno.

En otras palabras: Canetti, como el malogrado Pushkin y tantos otros genios de la literatura universal, adoraba el *Quijote*.

Así pues, estamos ante un premio Nobel de Literatura muy identificado con lo mejor de nuestra rica tradición literaria. Para mí Elias Canetti es «nuestro» séptimo premio Nobel de Literatura. Y no soy el único que lo ve así: en 1982, el alcalde de Cañete, un político de reflejos rápidos, lo nombró hijo adoptivo de la ciudad.

Como ven, he hecho algo de trampa, pero no tanto. De hecho, el Parlamento español ha aprobado recientemente una ley por la cual los descendientes de los judíos expulsados de nuestro país en 1492 pueden pedir la nacionalidad española. Estoy convencido de que Elias Canetti la pediría si estuviera vivo.

Pero ¿sólo escribió Elias Canetti una novela en toda su vida?

Bueno: sí y... quién sabe. La vida de los escritores está muchas veces sujeta a finales de novela. Canetti, es cierto, sólo publicó una novela como tal, pero dejó un amplio legado de textos escritos sin publicar. ¿Dónde están estos textos? ¿Perdidos como los últimos tercetos de *La divina comedia*, a la espera de que alguien los encuentre? ¿O traspapelados como los antiguos escritos de Cicerón, hasta que un moderno Petrarca los rescate?

No: sus escritos no están ni perdidos ni traspapelados. Me explicaré: Canetti vivió la última parte de su vida en Suiza, donde, recuerden, se encontró con Eschbach, presidente del tribunal de comercio de Estrasburgo, que le contó su conversación con el olvidado Georges d'Anthès; así supimos todos del final del hombre que acabó con la vida de Pushkin. Los cruces de la vida son siempre sorprendentes. Pero volvamos a Suiza y a Canetti: en su testamento, el Nobel ordenó que todos esos textos que dejaba tras de sí sin publicar no vieran la luz hasta el año 2024. ¿Por qué? Seguramente porque Canetti era demasiado hiriente en sus descripciones de personas reales que se verían retratadas en los personajes de sus obras. Es muy probable que quisiera asegurarse de que, para cuando estos textos vieran la luz, ya no quedase nadie vivo a quien pudieran causar sufrimiento. Imagino que ése es el motivo. Si están guardados por otra causa, lo desconozco. Es posible que, una vez más, Canetti, nos sorprenda. Por el momento, ahí siguen: en una cámara acorazada, a quince metros de profundidad, en la Biblioteca Central de Zúrich.

Quedan diez años.

Empieza la cuenta atrás.

Elias Canetti: un premio Nobel que, sin duda, publicará obra nueva treinta años después de su muerte. Los de Cañete, Cuenca, son así.

Literatura en coma

México, siglo xx

Le dijeron que su hija pequeña se moría. Fue un golpe en la línea de flotación. Por un momento, todo perdió sentido. Se hundió.

—¿Nos escucha...? —preguntó entonces a los médicos—. ¿Mi hija puede oírme si le hablo?

La hija estaba tumbada en una cama del hospital, inmóvil.

Los doctores se miraron entre sí. Al fin, uno de ellos se atrevió a aventurar una respuesta.

—Es difícil saberlo. El cerebro humano es..., aún desconocemos muchas cosas. No está claro que su hija oiga nada... —Pero vio la desesperación en los ojos de la madre y añadió unas palabras llenas de piedad—. Pero tampoco puedo decirle que no oiga nada y, desde luego, que usted le hable no va a hacerle daño alguno. Y si por lo que fuera..., si ella puede oír algo, sin duda, será gratificante para ella saber que su madre está a su lado.

Y la madre asintió. Se aferró a aquella esperanza como quien se agarra a un salvavidas en el más devastador de los naufragios.

—¿Y cuánto tiempo puede estar así? —preguntó entonces ella.

Los médicos del Hospital San José, en México, volvieron a mirarse de nuevo entre sí.

—Tampoco lo sabemos —respondió de nuevo el mismo médico—. Quizá sólo unos días; quizá... no despierte. Hay que estar preparado para todo. Hay que ver cómo evoluciona. Casi todo depende en estos casos de las ansias del paciente por retornar a la vida... Su hija es joven y los jóvenes suelen querer vivir, pero no sé qué más decirle... —Y calló; no sabía si daba consuelo o si causaba más dolor con sus explicaciones.

La madre no dijo nada, se sentó en una de las sillas de la sala de espera y cerró los ojos.

No sabe cuánto tiempo estuvo allí.

Al cabo de unas horas, una enfermera se acercó y le habló.

—Debería ir a casa e intentar descansar un poco. Vuelva mañana y podrá estar junto a su hija el tiempo que desee.

La madre aceptó la sugerencia. En parte. Era sensato ir a casa e intentar descansar y asearse. Pero sólo hizo caso a la enfermera en parte. Fue a casa, en efecto, pero no podía descansar. «Ganas de retornar a la vida.» Las palabras del médico repicaban en su cabeza como un tañido llegado desde otro mundo, ese mundo lejano de los enfermos en coma. Y ella quería recuperar a su hija y no estaba dispuesta a rendirse. Pero ¿cómo combatir allí donde la medicina moderna no podía hacer ya otra cosa sino esperar? ¿Podía sentarse allí ella, junto a su hija, y esperar en silencio?

No. Ella era, además de madre, escritora, y los escritores no combaten nunca en silencio. Las palabras son sus armas. Armas de las que muchos se ríen, sobre todo los poderosos, pero siempre se esfuerzan en silenciarlas... por si acaso. Si tanto temen las palabras es que realmente son fuertes.

Ángeles se levantó del sillón del comedor y fue a la mesa, tomó pluma y papel y empezó a escribir un relato. Una historia de la familia, de alguna de las valientes mujeres de su familia de quien quizá su hija se acordaría por las conversaciones en casa. Empezó a escribir con furia, con rabia, con pasión, con sentimientos desbordados. Luego comió algo y fue directa al hospital. Saludó a las enfermeras.

—Todo sigue igual —dijo una de ellas, la más veterana—. A veces eso es una buena señal.

Ángeles asintió. Que no haya ningún cambio es mejor que un cambio a peor.

Se sentó junto a su hija y la saludó.

No hubo respuesta. Ni un solo gesto en las facciones congeladas por el coma del rostro de su hija, pero Ángeles no se desanimó. Sacó de los bolsillos sus hojas de papel y empezó a leer la historia que había escrito:

—«La tía Leonor tenía el ombligo más perfecto que se haya visto. Un pequeño punto hundido justo en la mitad de su vientre planísimo. Tenía una espalda pecosa y unas caderas redondas y firmes, como los jarros en que tomaba agua cuando niña. Tenía los hombros suavemente alzados, caminaba despacio, como sobre un alambre. Quienes las vieron cuentan que sus piernas eran largas y doradas, que el vello de su pubis era un mechón rojizo y altanero, que fue imposible mirarle la cintura sin desearla entera. [...]»

Y leyó el relato de un tirón. Luego miró a su hija y volvió a hablar.

—Mañana volveré y te contaré otra historia de tu familia, de tus tías y abuelas, de toda tu familia hasta que despiertes, hasta que recuerdes lo bonito que es vivir, hija mía.

Y Ángeles retornó a su casa y volvió a escribir otro relato intenso, poderoso sobre mujeres siempre de ojos grandes que veían la vida con la lucidez del corazón. Y retornaba luego al hospital cada mañana y leía aquellas historias, una a una, cada día del coma de su hija pequeña. Un relato, dos cuentos, tres historias, cuatro, cinco, una semana de cuentos, dos semanas, tres, cuatro... Hasta que un día se le acabaron las historias de la familia. Pero alguien como Ángeles Mastretta, la magistral escritora mexicana, no tiene fronteras; y si la realidad se nos termina, entonces sigue la ficción, y ella siguió inventando relatos con tías imaginadas, familiares soñados...

—«La tía Daniela se enamoró como se enamoran siempre las mujeres inteligentes: como una idiota.»

Así empezaba otro de los cuentos. Un mes completo de relatos, y otro día más, y otro, y otro..., siempre conteniendo las lágrimas, envolviéndolas de amor y de pasión y de esperanza en aquellas historias diseñadas para resucitar, destinadas para devolver a la vida a quien parece haber abandonado su deseo por seguir palpitando entre los que la quieren.

Hasta que un día su hija abrió sus ojos grandes. Hasta que se recuperó.

Ahora nos quedan a nosotros 37 historias, 37 relatos escritos para salvar una vida, para salvarnos a todos, en la fascinante recopilación titulada *Mujeres de ojos grandes*, probablemente una de las mejores colecciones de relatos de la historia de la literatura en lengua española. Incluso hay un relato sobre un misterio desvelado bajo secreto de confesión:

—Ave María Purísima —dijo el padre español en su lengua apretujada, más parecida a la de un cantante de gitanerías que a la de un cura educado en Madrid.

—Sin pecado concebida —dijo la tía, sonriendo en la oscuridad del confesionario, como era su costumbre cada vez que afirmaba tal cosa.

—¿Usted se ríe? —preguntó el español adivinándola, como si fuera un brujo.

—No, padre —dijo la tía Charo, temiendo los resabios de la Inquisición.

Un relato sobre una confesión, sí: pero es que cuando se lucha por la vida de una hija no hay límites. Se va a por todas. Se lucha con las uñas, con los dientes, con las palabras. Y en esa lucha no hay secretos sagrados. Por una hija, hasta sacrilegio.

La piel de un libro

Sídney, Australia, 2009

Justine encendió el ordenador. Había muchos mensajes, como siempre. Era afortunada. Miles de lectores en todo el mundo seguían —siguen— sus novelas...; pero entre todos los mensajes había uno que le interesaba en particular. Era de la editorial Bloomsbury, en su sede estadounidense. Sus editores de Nueva York le remitían la cubierta de la edición que estaban preparando para Estados Unidos. Justine abrió el mensaje y apenas leyó el texto, pues, como siempre, tenía curiosidad por ver la cubierta por la que se habían decidido. Habían acordado poner el rostro de una chica que se tapara algo la cara, como si tuviera miedo o vergüenza o un poco de todo a la vez. Justine situó el dedito del cursor justo encima del icono jpg e hizo clic con el ratón. Tenía una buena conexión a la red, pero parecía que esa mañana las cosas iban algo lentas en el hiperespacio digital. No pasaba nada. Aprovechó y se levantó para servirse un poco más de café.

Regresó frente al ordenador y se sentó. Estaba dándole vueltas a la taza cuando vio la cubierta. Justine se quedó con la boca abierta. Dejó la taza de café en la mesa, a la derecha del ordenador. Se inclinó hacia atrás en la silla. Cerró la boca. Se pasó la mano derecha por la cara. Cerró los ojos. Quizá no había visto bien. Los abrió. Sí, había visto bien.

Intentó no ponerse nerviosa. Los nervios nunca llevan a ningún lado. Cogió el café y bebió un sorbo. Dejó de nuevo la taza y descolgó el teléfono fijo con la mano izquierda, mientras con la derecha miraba en su móvil el número de Estados Unidos que quería marcar. Esperó unos segundos mientras oía los tonos del teléfono sonando en Nueva York. Allí serían en torno a las ocho de la tarde y su editor ya no estaría trabajando, pero los editores están acostumbrados a coger el teléfono a los escritores a horas extrañas y ella no había hecho uso de esa costumbre desde hacía meses.

—Justine, qué bueno oír de ti —dijo una voz al otro lado del aparato.

Justine reconoció enseguida la voz de su editor estadounidense.

—Hola, disculpa que te moleste. Sé que no son horas, pero es que acabo de recibir la cubierta para la edición de *Liar* [Mentirosa]...

—Sí. La has visto ahora, ¿verdad? Te la envié antes de salir de la oficina. Ha quedado genial y era lo que querías: una chica, ocultando un poco su rostro, mirando de frente, entre desafiante y tímida...; yo creo que está genial. Esto va a funcionar aquí. Ya lo verás.

El editor hablaba muy rápido y Justine tuvo que esperar a que terminara de hablar para poder dar su opinión.

—Sí, está bien, todo eso está bien, pero hay un pequeño... fallo..., un error.

Hubo un silencio al otro lado de la línea.

—¿Un error? ¿Qué error, Justine? No te entiendo. Dime qué te preocupa.

—Es la foto de esta chica.

—Sí, ¿qué pasa? —insistió el editor.

—Pasa que habéis puesto una chica blanca en la cubierta

de mi libro, y la protagonista de mi novela es negra. Lo digo justo al principio del libro.

Un nuevo silencio al otro lado de la línea.

—Perdona... —continuó Justine—, no sé si me has oído.

—Sí, sí, Justine. Te he oído perfectamente. Mira..., verás..., hay que entender el mercado, ¿sabes? Lo importante es que tienes una magnífica novela...

—Con una protagonista negra —interrumpió Justine.

—Sí, con una protagonista negra. Pero créeme: nosotros y marketing, todos lo hemos hablado mucho. Ha sido una decisión muy meditada. Vamos a vender muchos más libros de esta forma. Hazme caso. Además, apenas se ve el rostro de la chica...

—Se ve lo suficiente —insistió Justine—, y se ve que es blanca. Y la gente, mis lectores me van a bombardear a mensajes.

Otro silencio.

—Lo importante es la esencia del mensaje, Justine —se defendió el editor—: es una chica adolescente que se oculta, más allá de su raza...

—Si la raza no importa, ¿por qué no ponéis una chica negra?

—Mira, Justine: aquí en América, una cubierta con una chica negra hace que tu novela termine en la sección de literatura urbana, y aquí urbano es sinónimo de literatura para afroamericanos, y los afroamericanos compran menos libros, y tu novela es demasiado buena para... —Y aquí el editor se calló. Quizá hasta él mismo se dio cuenta de que no estaba convenciendo a su interlocutora.

Justine prosiguió:

—A Toni Morrison no le ha ido nada mal hablando

de chicas negras —argumentó la escritora—. Tiene el Premio Nobel.

—Ya, Justine, pero ¿tú qué quieres: el Nobel o vender libros?

—Lo que quiero es una cubierta congruente con mi personaje, con mi novela.

—La cubierta está muy bien como está —repitió de nuevo el editor.

Justine no dijo nada más.

Colgó.

Durante siglos, las tapas de un libro sólo tenían una función esencial: proteger el contenido del volumen que custodiaban en su interior. En el siglo XIX empezarán a desarrollar una función más decorativa, y ya bien entrado el siglo XX, probablemente a partir de la segunda guerra mundial, las cubiertas de las novelas empezarán a ser un punto clave en su comercialización. De la promoción se pasó a la publicidad; y de la publicidad, en ocasiones, a la confusión. La cubierta es ahora la piel de un libro y, de la misma forma que no entendemos un ser humano sin su piel, lo mismo ocurre con un libro (ahora hablaré también del libro electrónico y su piel).

A Justine Larbalestier le cambiaron la cubierta de su novela en Estados Unidos, pero eso generó una controversia tan grande, promovida por la propia autora a través de internet, que la editorial Bloomsbury tuvo que retirar los ejemplares impresos y hacer una nueva cubierta con una chica de piel negra, como la protagonista de la muy interesante novela juvenil, desasosegante e intensa, de esta muy imaginativa escritora australiana. *Liar* consiguió numerosos premios de crítica y unas grandes ventas, y todo con la piel negra.

Pero sería un error pensar que esto sólo ocurre allende nuestras fronteras. Recuerdo cómo Guillermo Fesser, miembro del delirante dúo Gomaespuma y autor del libro para niños *Ruedas y el secreto del GPS*, tuvo que ir de editorial en editorial porque le querían cambiar dos cosas: el final del cuento y la cubierta. La protagonista, Ruedas, se llama así porque es una niña que va en silla de ruedas. Los editores querían que la niña al final se curara.

—No está enferma —respondía Guillermo Fesser.

—Bueno..., pero una niña en silla de ruedas en la cubierta... Quizá un osito... —le decían los editores.

A Guillermo Fesser, pese a ser alguien muy conocido y de gran tirón, le costó un año, según cuenta él mismo, encontrar una editorial donde le respetaran el final del cuento y donde en la cubierta saliera una magnífica y muy simpática niña en silla de ruedas. El cuento es un éxito entre los niños.

¡Qué difícil es saber dónde está la frontera adecuada entre la promoción honesta de un libro y el ansia, cuando no la necesidad de que la parte comercial de este negocio literario obtenga los resultados deseados!

Ah, y de internet me dirán:

—Eso de las cubiertas se ha acabado con el libro electrónico.

Me temo que no. Internet es textual y visual; y cuando uno busca libros por la red, libros que no conoce, la portada es igual de esencial, si no más. La escritora Shoshanna Evers, una de las autoras de ficción erótica de más ventas en Amazon, cuenta la anécdota siguiente: su libro *Snowed in with the Tycoon* no funcionaba bien en la red. Tenía una llamativa portada con una imagen de un hermosísimo hombre desnudo de cintura para arriba que debía de resultar muy atractivo para las mujeres (a las que iba dirigido el volumen principalmente), pero la novela no iba bien. Shoshanna aceptó bajar el precio de 2,99 dólares a 1,99 durante un mes. Las ventas no mejoraron. Volvió a los 2,99. Los comentarios de los que sí lo leían eran buenos, con cuatro y cinco estrellas, de forma que no parecía que la novela estuviera mal. Bajó el precio de golpe a 99 centavos y las ventas se triplicaron. Genial, dirán algunos; pero Shoshanna, además de novelas eróticas, sabe hacer números y se dio cuenta de que, para que le resultara rentable económicamente vender a ese precio, las ventas deberían haberse sextuplicado. Así que volvió a ponerlo a 2,99. Pero siguió pensando. ¿Sería la portada? Y la cambió. Ahora, en vez de un magnífico hombre semidesnudo, aparece una pareja, magnífico él y espléndida ella, por supuesto, abrazándose con gran cariño. Y desde entonces las ventas fueron como la seda. Parece ser que incluso los libros electrónicos necesitan una buena piel, no importa que ésta sea también electrónica: lo esencial es que la imagen atraiga a los lectores potenciales hacia un texto que esté a la altura de sus expectativas.

Justicia poética para el viaje interestelar del VIH

Según *The Times*, la justicia poética puede definirse como la técnica literaria que procura un final feliz al relato, recompensando a los personajes nobles y castigando a los innobles de comportamiento.

Nueva York, Estados Unidos, 1983

Un escritor famoso internacionalmente se encontraba mal, muy enfermo. Ingresó en un hospital neoyorquino aquejado de fuertes dolores en el pecho, signos incuestionables de anomalía cardíaca aguda. La medicina del primer mundo se puso en marcha de inmediato. Se recurrió, in extremis, a realizar una operación de corazón e implantar un triple *by-pass* al órgano de nuestro protagonista. Hasta ahí todo razonablemente bien; pero, justo al día siguiente de la intervención, el escritor recién operado sufrió una preocupante subida de la fiebre. En su momento todo se justificaba por un postoperatorio muy complicado, pues todo había marchado sobre ruedas en la operación. Al final, el escritor se recuperó lo suficiente como para recibir el alta médica.

Apenas un par de años antes, varios casos extraños de una enfermedad desconocida habían disparado las alarmas en los medios informativos de Estados Unidos y otros países: numerosos enfermos ingresaban en diferentes hospitales con cuadros clínicos complejos que sólo coincidían en una incapacidad manifiesta de poder hacer frente con su propio sistema inmunológico a los diversos síntomas que padecían. Rápidamente, investigadores de todo el mundo se pusieron manos a la obra para detectar el virus que causaba semejante desastre humano (que no humanitario: no hay nada de humanitario en un desastre, sino en los que ayudan tras el desastre).

La reacción fue lenta, no obstante, en las administraciones de los diferentes gobiernos, porque los enfermos por ese virus desconocido eran, en un principio, homosexuales y drogadictos. Sólo cuando la enfermedad, sin saberse muy bien cómo, cruzó la frontera de esos grupos de personas y penetró en la sociedad en su conjunto se inició una reacción gubernamental más amplia.

El primero en aislar e identificar el virus del VIH fue el Instituto Pasteur de Francia. Y no sólo eso: su investigador jefe, Luc Montagnier, propuso un test de detección del virus. Pero claro: si la patente era francesa, los Estados Unidos de América se verían obligados a pagar a un país extranjero por un test de una enfermedad que cada vez afectaba a más ciudadanos americanos. La administración Reagan no estaba por la labor, ni Chirac, el entonces primer ministro de Francia, parecía estar tampoco a favor de ceder los test a la comunidad médica norteamericana mientras se gestionaba la cuestión judicial y económica para que, al menos, se pudieran ir realizando las pruebas y controlar la pandemia. A todo esto, el investigador americano Robert Gallo, apoyado por la administración Reagan, afirmaba haber detectado y aislado el virus del VIH al mismo tiempo, si no antes, que el Instituto Pasteur, e incluso propuso su propio test de detección. Pero, y aquí entramos en terreno especulativo, hay quien ha argumentado que el test de Robert Gallo producía innumerables errores, de forma que gente infectada por el virus daba negativo y viceversa. Así, muchas personas que no estaban infectadas terminaron suicidándose tras haberles sido notificados positivos que luego no lo eran, mientras que gente infectada pasaba los test sin ser detectada, y la sangre que donaban llegaba a los hospitales norteamericanos, junto con su letal carga vírica, directamente a las mesas de operaciones de los más modernos quirófanos.

Nuestro escritor protagonista no parecía remontar después de su triple *by-pass* de 1983.

Mientras languidecía en su residencia, repasaba los infinitos anaqueles de su biblioteca. Sólo con sus propios libros había suficiente para llenar muchas estanterías. Y es que no sólo había escrito numerosas novelas de ciencia ficción, género en el que era un maestro reconocido y por donde le había venido una popularidad y un reconocimiento internacional sin parangón para alguien que escribiera obras de semejante contenido imaginado.

—Imaginado —dijo él, en voz baja, con una leve sonrisa en el rostro—. Qué sabrán ellos.

Pero, además de las novelas de ciencia ficción y las numerosas recopilaciones de relatos del mismo género, en aquellos anaqueles también estaban sus poemas populares, su novela de misterio, sus poemas humorísticos, los dos primeros volúmenes de su autobiografía... Volvió a sonreír. Los escritores siempre creen que tienen muchas cosas que contar: cosas interesantes, se entiende. Faltaba el tomo final de la autobiografía. De pronto se sintió mal, muy débil, y volvió a sentarse en la butaca. ¿Le daría tiempo a acabar ese tercer tomo?

En cuanto se le pasó el dolor, dirigió sus ojos de nuevo hacia las estanterías donde estaban sus libros: sí, también estaban todos sus ensayos de ciencia y de divulgación de la tecnología; y claro, cómo olvidarse de aquella colección de divulgación histórica donde tanto disfrutó hablando de Egipto, la antigua Grecia, la antigua república romana, el Imperio, la Edad Media... Tantas cosas. ¿Con qué quedarse de entre tantos libros escritos...? La enfermedad le hizo sentir que no era momento de volúmenes extensos, así que se levantó y cogió su viejo libro de citas de 1988, titulado *Book of Science and Nature Quotations*. Lo abrió al azar y se sentó. Estaba en la página 26, y allí leyó una cita del siempre genial Cicerón:

Simia quam similis, turpissima bestia, nobis!

O, lo que es lo mismo: «¡Cómo se parece a nosotros esa repulsiva bestia que es el simio!». Sorprendente. No leyó más porque otra punzada de dolor le atravesó el cuerpo.

Se recuperó y sus pensamientos volvieron a Cicerón. La cita probablemente no era suya, sino original de Ennio, pero Cicerón la recuperó para la historia porque, sin duda, creía en ella. ¡Cuánta clarividencia genial en alguien que poseía tan pocos datos! Ennio y Cicerón ya intuían nuestra estrecha relación con los simios siglos antes de Darwin y su teoría de la evolución. Por leer escritos de personajes como ellos merecía la pena haber vivido. De pronto, una nueva punzada de dolor le hizo olvidarse de todo lo que no fuera su sufrimiento.

Pasó.

Se levantó y fue a acostarse. Se permitió una sonrisa: él mismo había tenido algún momento de lucidez curiosa.

Recordó en particular que cuando le pidieron un relato sobre el hombre del bicentenario produjo algo que sorprendió a todos. El encargo consistía en hablar de cómo era el hombre del bicentenario... de la creación de Estados Unidos. Sin embargo, él jugó con las palabras y llevó el título del encargo, «El hombre del bicentenario», a su territorio, y escribió un relato sobre un robot de doscientos años de edad que estaba evolucionando y teniendo sentimientos humanos y que, finalmente, decide luchar por convertirse en hombre aunque eso implique que morirá mucho antes que si se mantiene como robot. Nada que ver con el encargo original, pero con esa breve novela ganó numerosos premios. Quizá en el futuro hicieran alguna película..., pero él ya no lo veía.

La esposa del escritor, no obstante, no lo daba todo por perdido, y acudió a ver al médico con una decisión tomada y para la que no iba a permitir obstáculos ni negativas.

—Me gustaría que se hiciera un test del sida a mi esposo antes de volver a operarlo —dijo.

—Eso es absurdo. Es imposible que su esposo haya contraído la enfermedad.

Pero la esposa insistió una y otra vez.

Al final, se hizo el test.

Isaac Asimov tenía un índice de células T muy por debajo de la media: una señal inequívoca de que había contraído el virus del VIH en la sala de operaciones de 1983. Así, el maestro del género de la ciencia ficción del siglo xx se vio contaminado por la ciencia no ficción, bajo la sospecha —no probada, esto es cierto— de que el poder científico médico estadounidense controlado por Robert Gallo se empecinó en no aceptar un test francés que sí detectaba de forma efectiva el contenido de VIH en la sangre humana. Es irónico que Asimov, que no subía a aviones por su miedo a volar (sólo lo hizo dos veces en su vida, mientras estaba en el ejército, donde evidentemente no podían negarse), terminara muriendo por culpa de algo que no pudo controlar. Sí, el autor del *Ciclo de la Fundación* y de *Yo, Robot*, el escritor que nos condujo a tantísimos viajes interestelares no volaba nunca. Era una de sus más curiosas peculiaridades.

La controversia sobre quién detectó primero el VIH duró años. Hubo investigaciones de diferentes instituciones médicas nacionales e internacionales. El Instituto Nacional de Salud y el Departamento de Salud y Servicios Humanos de Estados Unidos absolvieron a Robert Gallo de una supuesta apropiación indebida de datos o muestras del Instituto Pasteur, así como de otras decisiones tomadas sobre los test de detección de sida promovidos desde sus laboratorios.

Isaac Asimov, uno de los autores más prolíficos e imaginativos del siglo XX, murió en 1992. Los familiares explicaron a la prensa, por sugerencia de los médicos, que el escritor había fallecido por un fallo cardíaco y renal múltiple. Eran aún momentos en los que reconocer que una persona había fallecido de sida podía conducirla a ella y a todos sus familiares a una especie de ostracismo social y gran desprestigio. Incluso si la forma en la que había adquirido el VIH era por causa de una transfusión de sangre mal controlada en uno de los mejores hospitales de Estados Unidos. Al año siguiente, en 1993, Jonathan Demme dirigiría la magistral película *Philadelphia* para sensibilizar al pueblo americano sobre una enfermedad que podía afectar a cualquier persona y que aún hoy sigue, en gran medida, estigmatizada.

En 1999 se llevó al cine la historia del hombre bicentenario escrita por Asimov: en ella, Robin Williams da vida al robot que quería ser humano y mortal.

Pasados unos años, en 2002, la familia de Isaac Asimov reconsideró su postura y todos acordaron que era mejor para la desestigmatización de muchos enfermos de sida que se supiera que el mismísimo y genial Isaac Asimov había muerto también por esta enfermedad.

Ronald Reagan —uno de los promotores, por cierto, de la desregularización de la banca americana que permitió la venta reciente de cualquier tipo de producto financiero sin mayores controles—, y Chirac, primer ministro en 1986 y luego presidente de Francia, condenado a dos años de cárcel en 2011 por desviar fondos públicos cuando fue alcalde de París, acordaron dividir los réditos de los test de VIH a partes iguales entre los dos países. Por el camino, desde primeros de los ochenta, se quedaron algunos muertos, como Asimov, pero supongo que esto no es importante. Los seres humanos y en particular los escritores, ya se sabe, como los juglares de toda la vida, somos prescindibles.

En 2008, la Academia sueca decidió que aquellos que habían identificado el virus del VIH merecían un reconocimiento. Francia propuso a Montagnier y a Françoise Barré-Sinoussi. Esto dejaba margen a los académicos para añadir a Robert Gallo, pues el reglamento de estos premios permite otorgar la distinción del Nobel de Medicina a un máximo de tres personas. No obstante, la Academia sueca añadió a Harald zur Hausen por identificar el virus del papiloma. El doctor Gallo se quedó sin Nobel. ¿Justicia poética o más madera para la controversia?

Lo único cierto es que la mala ciencia mata y la buena ciencia ficción, como toda la buena literatura, nos conduce a mundos infinitos. De modo que viajen a esos universos. Lean los epigramas de Séneca, los discursos de Cicerón o la genial *Eneida* de Virgilio. Saboreen los poemas de Petrarca,

Quevedo, Bécquer, Espronceda, Coleridge, Percy Shelley, Pessoa, Emily Dickinson, Dionisio Ridruejo o tantos otros. Emociónense con las novelas de Victor Hugo, Balzac, Charlotte Brontë, Pushkin, Bram Stoker, Vicente Blasco Ibáñez, Robert Graves, D. H. Lawrence, Emilio Salgari, Agatha Christie, Elias Canetti o las de tantas otras mentes geniales de la literatura. Cuando tengan poco tiempo para leer, paseen entonces sus ojos por los relatos cortos de Edgar Allan Poe, James Joyce o Ángeles Mastretta. Y si ven que en su ciudad representan una obra de teatro de Lope de Vega, de Calderón de la Barca o de Shakespeare, no dejen pasar esa oportunidad por nada del mundo. Y, por lo que más quieran, no se detengan, no dejen de leer ahora simplemente porque se nos hayan terminado las páginas.

Bibliografía y algunas lecturas recomendadas

ALIGHIERI, Dante, *La divina comedia*, traducción de Julio Úbeda Maldonado, Ediciones 29, Barcelona, 2003.

ASIMOV, Isaac, *Trilogía de Fundación*, Alamut, Madrid, 2012.

BELLEMORE, Jane, «The Date of Cicero's *Pro Archia*», *Antichthon*, 36 (2002 [2003]), pp. 41-53.

BLASCO IBÁÑEZ, Vicente, *Los cuatro jinetes del apocalipsis*, Alianza, Madrid, 2005.

BRONTË, Charlotte, *Jane Eyre*, Alianza, Madrid, 2006.

CHRISTIE, Agatha, *La ratonera*, RBA, Barcelona, 2012.

CIECHANOWIECKI, André, «Le milieu familial de Madame Hanska», *Le Courrier balzacien*, 53 (1993), pp. 3-14.

CLARK, Albert Curtis, *M. Tulli Ciceronis Orationes*, en *Oxford Classical Texts*, VI, Oxford University Press, Oxford, 1911.

CLARKE, Andrea, *Love Letters: 2000 years of Romance*, British Library, Londres, 2011.

GOTOFF, H. C., *Cicero's Elegant Style: an Analysis of the* Pro Archia, University of Illinois Press, Urbana, 1979.

GRAVES, Robert, *Yo, Claudio*, Alianza, Madrid, 2012.

GREENBLATT, Stephen, *El giro*, Crítica, Barcelona, 2012.

HABEGGER, Alfred, *My wars are laid away in books: the life of Emily Dickinson*, Random House, NuevaYork, 2001.

Hugo, Victor, *Nuestra Señora de París*, 2 vols., ilustrado por Benjamin Lacombe, Edelvives, Madrid, 2013.

Ingman, Heather, *A History of the Irish Short Story*, Cambridge University Press, Cambridge, 2009.

Jiménez, Jesús, «Benjamin Lacombe ilustra una espectacular versión de *Nuestra Señora de París*», en <http://www.rtve.es/noticias/20130626/benjamin-lacombe-ilustra-especta cular-version-nuestra-senora-paris/696040.shtml>.

Kapr, Albert, *Johann Gutenberg: the Man and his Invention*, traducción del alemán de Douglas Martin, Aldershot, Scolar Press, 1996.

Kristal, Efraín, «El Quijote expresionista de Elias Canetti», *Estudios públicos*, 100 (2005), pp. 271-282.

Lawrence, David Herbert, *Hijos y amantes*, Debolsillo, Barcelona, 1992.

Lope de Vega, Félix, *La Dorotea*, edición, estudio y notas de Donald McGrady, Real Academia Española, Madrid; Galaxia Gutenberg-Círculo de Lectores, Barcelona, 2011.

Mastretta, Ángeles, *Mujeres de ojos grandes: 37 viñetas*, Seix Barral, Barcelona, 1990.

McParland, Bob, «Caught By a Spell: Iron Maiden's *The Rime of the Ancient Mariner* —An Essay on the Band's Adaptation of Samuel Taylor Coleridge's «Rime of the Ancient Mariner», 2009, en <http://www.bobmcpar land.com/?section=blog/caught_by_a_spell_iron_mai dens_the_rime_of_the_ancient_mariner/>.

Pageard, Robert, «La mort de G. A. Bécquer dans la presse du temps (1870-1871)», *Bulletin Hispanique*, 59, 4 (1957), pp. 396-403; también en <http://www.persee. fr/web/revues/home/prescript/article/hispa_0007 4640_1957_num_59_4_3547.>.

PENDLE, George, «Virgil's Fly», *Cabinet Magazine*, 2007, en <http://cabinetmagazine.org/issues/25/pendle.php>.

PENELLA, Manuel, *Dionisio Ridruejo: biografía*, RBA, Barcelona, 2013.

PESSOA, Fernando, *35 Sonnets*, The Project Gutenberg ebook, 2006.

POE, Edgar Allan, *Cuentos completos: edición comentada*, traducción de Julio Cortázar, edición de Fernando Iwasaki y Jorge Volpi, prólogos de Carlos Fuentes, Julio Cortázar y Mario Vargas Llosa, Páginas de Espuma, Madrid, 2009.

PUSHKIN, Alexander, *Eugenio Onegin*, Cátedra, Madrid, 2005.

QUEVEDO, Francisco de, *Poesía varia*, Cátedra, Madrid, 1985.

REID, James S., *M. Tulli Ciceronis pro A. Licinio Archia poeta ad iudices: edited for schools and colleges*, Cambridge University Press, Cambridge, 1897.

RODENBECK, John, «Travelers from an Antique Land: Shelley's Inspiration for "Ozymandias"», en *Journal of Comparative Poetics*, 24 (2004), pp. 121-148.

SALGARI, Emilio, *Los tigres de Mompracem. El rey del mar. El corsario negro*, Mondadori, Barcelona, 2005.

SÉNECA, *Obra completa*, ed. de Juan Manuel Díaz Torres, Gredos, Madrid, 2013.

STEVENSON, Robert Louis, «Father Damien — An Open Letter to the Reverend Dr. Hyde of Honolulu» (1922), en Heinemann, W., Chatto y Windus, Cassell y Longmans, Green (eds.), *The works of Robert Louis Stevenson*, C. Scribner's Sons, Nueva York, 1922-1923, vol. 15, pp. 479-501.

STOKER, Bram, *Drácula*, Cátedra, Madrid, 2005.

VIÑAS-VALLE, Carlos, «Pedro Calderón de la Barca y la profanación del convento de las Trinitarias Descalzas», en el blog *MadridLaCiudad*, 2013. <http://madridafondo. blogspot.com.es/2013/10/pedro-calderon-de-la-barca-y-la.html>.

VIRGILIO, *Eneida*, Gredos, Madrid, 1992.

WEINSTEIN, Deena, *Heavy Metal — The Music and Its Culture*, Da Capo, Nueva York, 2000.

WILKINSON, William, *An account of the principalities of Wallachia and Moldavia*. Longman, Hurst, Rees, Orme and Brown, London, 1820, en <http://books.google.es/books? id=RogMAQAAMAAJ&printsec=frontcover&hl=ca&source=gbs_ge_summary_r&cad=0#v=onepage&q&f=false>.

Índice alfabético

Agradecimientos

Gracias a Ángeles Aguilera, David Figueras, Irene García y Belén López, y al resto de personas de Planeta que han trabajado en la edición y difusión de este libro. Mi agradecimiento a Pablo Moíño por la revisión de todo el texto. Y gracias también a Raquel Gisbert, Puri Plaza, Francisco Barrera, Laura Franch, Laura Verdura, Carmen Ramírez, entre otros muchos, por su constante colaboración y ayuda en este viaje de escribir y de comunicar lo que se ha escrito.

Gracias a la agencia literaria Carmen Balcells y, en particular, a Ramón Conesa, por su paciencia conmigo.

Gracias a Julián Quirós, director de *Las Provincias*, por hacer un hueco para los libros y su historia en el periódico y brindarme así un espacio privilegiado desde el que compartir mi pasión por los misterios que se esconden detrás de las grandes obras clásicas de la literatura.

Gracias a la Universitat Jaume I de Castelló por ayudarme a seguir en esta aventura de escribir, ya sea sobre la antigua Roma o sobre el mundo de los libros, sin dejar de impartir mis clases en la facultad. Y gracias a los estudiantes que, más de una vez, con sus preguntas y comentarios, han avivado mi interés por enigmas y misterios de los libros que, al final, aparecen recogidos en las páginas de este volumen.

Y, por supuesto, gracias a mi familia, que siempre me apoya pese a que tanto tiempo les quito para escribir relatos y novelas de otros mundos, alejándome, con frecuencia demasiado, del mundo más cercano que me rodea.